불벼락 치다

황금알 시인선 160

불벼락 치다

초판발행일 | 2017년 11월 30일

지은이 | 안평옥
펴낸곳 | 도서출판 황금알
펴낸이 | 金永馥
선정위원 | 김영승 · 마종기 · 유안진 · 이수익
주간 | 김영탁
편집실장 | 조경숙
표지디자인 | 칼라박스
주소 | 03088 서울시 종로구 이화장2길 29-3, 104호(동숭동)
물류센타(직송 · 반품) | 100-272 서울시 중구 필동2가 124-6 1F
전화 | 02)2275-9171
팩스 | 02)2275-9172
이메일 | tibet21@hanmail.net
홈페이지 | http://goldegg21.com
출판등록 | 2003년 03월 26일(제300-2003-230호)

값은 뒤표지에 있습니다.

ISBN 979-11-86547-78-6-03810

*이 책은 전라북도와 전라북도문화관광재단의 지역문화예술육성지원사업으로
  지원받아 발간되었습니다.
*이 도서의 국립중앙도서관 출판예정도서목록(CIP)은 서지정보유통지원시스템
  홈페이지(http://seoji.nl.go.kr)와 국가자료공동목록시스템(http://www.nl.
  go.kr/kolisnet)에서 이용하실 수 있습니다.(CIP제어번호: CIP2017029695)

불벼락 치다

안평옥 세 번째 장편서사시

황금알

　　누구나 쉽게 우리는 5천 년의 유구한 역사를 지닌 민
족이라고 자랑스럽게 이야기하지만, 문학적 측면에서
본다면 5천 년의 낮과 밤은 있었으나 역사는 부족했다고
해도 틀린 말은 아니라고 본다. 오늘을 살아가고 있는
사람이라면 지난 역사를 되돌아보면서 냉정한 비판으로
과거와 현재를 비교하여 잘못을 되풀이하지 않는다는
다짐이 있어야 한다. 이를 바탕으로 좀 더 나은 내일의
삶을 영위하기 위하여는 문학인을 비롯하여 모두가 떨
쳐 일어나야 하지만 그렇지 못한 것도 사실이다. 사자성
어四字成語에 타산지석他山之石이란 용어가 있다. 이는 남
의 산의 돌로 내 산의 옥을 갈고 다듬는다는 뜻으로 역
사 앞에 겸허, 겸손하여 경건한 마음으로 받아들이되 돌
과 옥을 구분하자는 뜻이지만, 지난날에 있었던 크고 작
은 일들의 구체적 논의 자체가 아예 없었다 싶은 것이
오늘의 현실이 아닌가 한다. 한 시대를 관류하면서 일어
나고 스러진 사건의 원인과 근인近因, 그리고 결과를 깊
고 넓게 분석한 타산지석의 역사가 문자로 존재함이 부
족함으로 인하여 내 안에 간직되어 있는 옥을 갈고 닦을
수 없다는 면에서 아쉬운 일이 아닐 수 없었다. 그러한

마음으로 시인이나 소설가, 또는 수필가를 몸의 장식품 쯤으로 여기는 그릇된 생각에서 벗어나자며, 잘 읽히지 않을 뿐 아니라 줄거리를 엮는 데 많은 시간과 에너지가 소요됨을 감내하기로 작정했다. 장편서사시 『화냥년』과 『제국의 최후』에 이어 세 번째로 『불벼락 치다』를 세상에 내어놓으면서 그때에 있었던 사실 그대로를 시적 형식을 빌어 얘기함으로써 기성세대는 물론이고, 특히 청소년들의 이해에 도움이 되도록 했다. 요즈음 자주 오르내리는 핵이나 수소폭탄의 위력을 우리들은 보거나 들어보지 못했으나 1945년 8월 6일 일본의 히로시마에 투하된 원폭에 미루어 생각해볼 수 있도록 했다. 역사의 진실이 가려져서는 아니 되겠다는 깊은 뜻을 기저에 깔고 스티브 워커가 쓴 『카운트다운 히로시마』를 참고하고 인용하였음을 첨언한다. 지난 역사를 과장 축소, 또는 일부분을 강조하거나 희화화戱畫化하지 않고 있는 그대로를 표현하려 했다는 점을 강조하고 싶다. 조선의 한 여인을 빌어 당시의 상황과 우리의 슬픔을 표현한다고는 했으나 역부족으로 인한 미숙한 점 이해 있기를 바란다.

차 례

1부

주는 방망이, 받는 홍두깨

    제2차 세계대전 중에 일본이 항복한 직접적인 원인이 히로시마 원폭 투하 때문이라고 누구나 쉽게 이야기하지만, 어떤 과정을 거쳐 어디에서 왔으며 제2차 세계대전 때 일본에 의한 우리나라와 주위 다른 나라에서의 피해가 어떠했는가를 살펴보았다.

태평양 넘는 꼬마둥이

1

미국은 북아메리카대륙에 있고
해외의 알래스카와
하와이에
하나의 수도구首都區인 워싱턴 시市 등
50개 주州로 구성되어 있다

주마다 부여된 자치권에
정식 명칭은 아메리카합중국
약칭 U.S.A다

3억여 명의 인구를 안고 있으나
아프리카 흑인에
세계 각 지역의 이민자移民者와
토착민인 인디언들로 구성된
다양한 인종으로
서로가 서로를 이해하려 하나
흑백 사이의 분쟁이 있는 나라다

국기國旗인 성조기는 1776년 7월 4일
영국으로부터의 독립 당시
하얀 바탕에 7개의 붉은 줄과
6개의 흰 줄이 그려지고
주의 숫자만큼 그려진 별에

9,833,634㎢의 국토는
온대성에 냉대성의 기후대가 있고
동부 태평양 연안 습윤지의
광대한 건조 지역이
아득한 지평선 평원에 이어져 있다

석유와 석탄 등의 풍부한 지하 자원과
너른 농지에서 생산되는
옥수수와 밀, 쌀
육류에 우유
가공 식품을 제조하는
각종 축산물과
깊고 너른 바다의 수산물이며

18세기 중반에서 19세기 초
영국에서 발생한
산업혁명의 여파로
사회적 경제적 대변혁이

세계의 판도를 바꾸어 놓는

거친 파도가 밀려와
8시간의 노동 운동이 일어난 반면
기술의 도입과 자체 산업의 발전으로

1914년 7월 26일 제1차 세계대전에
1939년 9월 1일의 제2차 대전
1941년 12월 7일 일본의 진주만 기습까지
은인자중으로 참고 기회를 엿보며
새로운 무기의 개발로 부를 축적하였다

1850년 프랑스가 증기 추진용 군함
나폴레옹호 개발 이래
순양함 구축함에 잠수함
항공모함 등 많은 함정의 생산으로
오대양을 누볐고

1825년 스티븐슨의 기차 출현과
1879년 에디슨의 백열 전구 실용화에
1903년 라이트 형제의 비행기는 하늘을 날고
1908년 포드의 자동차가 대중화되면서
삶에 여유가 따르게 된 주민은

이웃과 이웃의 경계를 나무로 하여
즐거움을 노래하는 새들이며
내달려 노니는 다람쥐에
하늘의 흰 구름이 어우러져
한 폭 풍경화를 그려내는 곳

휘감아 도는 장미꽃
송이, 송이마다 뿜어내는
향기가 붉디붉어
태양마저 이글이글 타오르는
뉴잉글랜드 자기 집
창문으로 쏟아져 들어오는
따뜻한 햇살 아래 낮잠을 즐기는

세계적 명문 하버드대학 출신으로
명석한 두뇌의 화학자
나이 스물넷의 호니그다

지난 2년 간
밤낮없이 제 손으로 만든 방아쇠와
X기관(X Unit)에 의하여
터진 원자폭탄을
생각하기가 끔찍스러워
온몸에 진저리쳤던 일이

또 떠오르고 있었으니

숲이 없어 기온은 높고
풀마저 자라지 않는 메마른 땅으로
생물의 존재를
좀체 인정하려 들지 않는
사막이다

먹구름의 한낮이 반복적으로
모든 것을 날려 버릴 듯
휘몰아치던 폭풍에
천둥번개가 언제 그랬느냐는 듯
사라진 자리다

작은 모래언덕을 가져다 놓기도 하고
저쪽으로 옮기던
어린아이 장난기 같은 바람이
이내 심드렁하여지면서
졸음에 겨워 눕는 때가 되면

어디에도 사람은 보이지 않고
녹슨 양철지붕 아래
썰렁한
오두막집 한 채 주변에는

조금 전의 빗물이 새 물길 만들면서

생물이 없을 것 같던 곳에
새의 제왕 독수리와
낮에 활동하는 쇠부엉이의 눈길을 피하려
사막쥐가 이곳저곳을 넘나들고
눈이 커서
겁 많은 산토끼며
방울뱀, 도마뱀이 두리번거리는

1945년
7월 16일
05시 30분 30초 전

미국의 뉴멕시코 주
남부 엘러머고도 근처의
호로나다 델 부에르트 사막이다

1944년
9월

정부와의 협의로 땅주인이 떠난 곳에
사람의 왕래가 빈번하여지면서
미 육군

헌병 분대가 들어서고
아파치족 인디언의 언덕이 있다는
또 다른 이름
'죽은 자의 여정'은

인디언의 용맹한 기백을 새롭게 살려
누구도 모르는 일의
전격적인 공개로
세상 사람을 깜짝 놀라게 할
무엇인가를 알고 있다는 듯

사막바람이 거친 모래를 흩날려
주위를 정적에 묻고
산맥 너머의 불빛마저 가리어 놓아
사위가 어슴푸레할 즈음이다

조금 전에 쏟아진 폭우로 촉촉해진
너른 사막
끝없는 모래땅에선
어디서 왔는지 알 수 없는 개구리들

합창 소리인 개골개골을 뚫고
번쩍
번쩍하며 빛이 지났다 싶은 순간이다

밀폐된 공간에서 보아도
어찌 이럴 수가, 하며
벌어진 입을 다물 줄 모르는
호니그 앞에
쏟아져 내린 천억 기압이
시속 수백 킬로미터로 내달리는
폭풍이 휘몰아쳐 왔다

이른 아침부터 해지는 서녘까지
이글이글 끓는 태양 표면의 온도보다
만 배나 더 뜨거운 섭씨 6천만 도의
불꽃으로 솟구쳐 오른 빛
빛이
각가지 색깔로
290km 밖에서도 보였다

마치 태초에 하늘땅을 창조하던
창세기의 조물주가
허공을 향하여
'빛이여 있으라'라고 한 때처럼
눈앞에서 불끈 솟아올라
버섯마냥 활짝 펴진 구름은
분당 1,500m로 오르고 있었다

바람으로 날리는 수억 톤의 모래먼지에
작은 풀숲에 납작 엎드렸던 뱀과
산토끼며 개구리 소리마저
흔적 없이 쓸어간 둔덕이다

2
키는 작고 몸이 마른 왜소한 체구와
앞뒤 꼭지 3천 리
빙 돌아 6천 리의 이마에
억양이 억센 수학자
잘 아는 이가 별로 없지만

가도가도 끝이 보이지 않고 기름진
만주의 너른 들과
얼지 않는 조선의 항구
눈앞에 펼쳐지는 태평양을 탐내는
소련에게 여섯 번이나
정보를 제공한
콜라우드 폭스라는

원폭 개발에 깊숙이 참여한 첩자諜者가
여럿 사이에 끼어 있는
그때

사람 없는 중앙아시아의 어느 언덕에서는
세계 제폐를 꿈꾸는 소련이
아무런 가림막 없이
현지인의 고용으로
우라늄 광석을 채굴하고 있었고

깊숙하고 낮은 콩고의 구릉 지역 산에선
결코 뒤져서는 아니 된다는
미국의
철저한 출입 통제로
장막 뒤에서 캐고 있었으나

어느 곳에 어떻게 소용이 되는지
왜 캐야 하는지
알려 하거나 아는 이가 아무도 없었으며
주민 누구도 알려 하지 않는
이번 실험에는
농축 우라늄 탄두가 없는
플루토늄만을 사용하였다

노벨의 티엔티 1만 톤을
폭격기 5천 대가 일시에 쏟는 것 같은
가공可恐할 위력을

5톤 폭탄에 구겨 넣고
풀어헤진 분홍에 청녹색이

형형색색으로
시시각각
변형되어 가는 모습을 펼쳐 보이며

지금까지
듣거나 보지 못한 힘과 파괴력으로
64km 지점까지
뒤흔들어 놓아 모두를 놀라게 하였다

해뜸 아닌 시간에 뜬 태양 폭풍이
모든 것을 박살내고
솟구친 모래의 소용돌이에
320km 밖
집 창틀을 부숴뜨리면서

동녘 하늘을 거대하게 밝히는
등자색 붉은색과
이른 아침이 녹색으로 빛날 때

"오늘 아침에 단행한 수술
기대를 넘어선

대만족스러움"이란 기쁨의 전문이

감추지 못하는 흥분에 얹혀져
모스 부호
무선망을 통하여
마음 졸이는 워싱턴으로 날아가고
잃었던 아이가 돌아온 것 같은 기분으로

"진심으로 축하드림"이라고

일각의 지체나 잠시의 뜸들임도 없이
답신 전문이 도착하면서
단 한 번
그것도 한 개의 폭탄에
넓이는 360m^2
깊이 7.5m의 모래를 녹인 유리 구멍
벌린 입모습을
머릿속에서 지우느라
호니그는 깊은 잠에 빠져들고 있었다

3
일정하게 재깍거리는 시계의 초침에
마술사의 손끝에서 피어나는 꽃이며
숨결 조절한 마라토너가

제 갈 길을 향하여 달려나가듯
어느 경우에도 멈추지 않는 시간은
좋은 일로 가기도 하지만
때로는 엉뚱한 일이 따르기 마련이라서

이번 경우에는 지구의 어느 한쪽을
살피고 또 살피던
하나님이 안 되겠다 싶었는지
불벼락 치다에
휩싸이도록 하려나 보다

원자폭탄의 성공적 실험을 끝마친
세 시간 뒤다

중순양함인 인디애나폴리스 호는
정감 없는 4,6m 길이의 투박한 나무상자와
썩 좋아 보이지 않는 납 통을
신주단지 모시듯 하면서

높고 거친 파도를 헤치는
뱃고동 소리를 바다에 흩뿌리고
샌프란시스코의 금문교를 빠져나가
바람과 물이 뒤엉켜
물결 출렁이는

망망대해의 태평양을
갈매기의 하얀 안내로 다다른 곳이다

고만고만한 섬들로 이루어져 있고
포르투갈의 탐험가
마젤란이
발견한 이래로
스페인, 독일, 일본의 식민지였다가

진주만기습의 영웅 일본 나구모 제독의
3만 명 병사 중
6백명이 생존한 전투에서
"지옥에 떨어졌다"라며 전사한 이후
제2차 세계대전 때인
1944년 8월에 미국의 영토가 된
마리아나 제도다

서태평양의 필리핀에서 240km
미국 영토인 괌으로부터
725km까지 펼쳐진 많은 도서島嶼 중

사람 사는 섬인 사이판 티니안 로타가
진주 목걸이를 두른 듯
햇볕에 반짝이는

11개
무인도에 둘러싸여 있고

섬 전체가 산호초의 화산으로 이루어진
고운 섬 티니안 면적은 101㎢
2천 명 내외의
주민이 거주하는 작은 섬이다

연평균 기온이 섭씨 27~30도
1년 내내
더운 열대성 기후로
바다의 무역풍이 수림대로 불어와
높지 않은 불쾌지수에

폭우 스콜이 자주 내리면서
더위를 식혀 주며
채소 재배에 육우 사육이 주산업인
티니안 섬
사위가 정적에 휩싸인

1945년
8월 6일
02시 45분

둘러본 사방 주위에는
바닷바람이 시원스레 불어오지만
멀리 떨어져 있는
동녘 하늘에
여명의 기미는 보이지 않고
수평선 저 너머로
졸린 눈을 깜박이고
사라져 가는 달빛에
유난히 맑아 보이는 하늘이며

끝없이 오가다가
거두어 온 피안의 저쪽
어두운 세상사
일렁이는 물결로 씻고 또 씻어
산호초가 아름다운 바닷가에
하얀 거품으로 풀어헤치면

어디선가 가까이 다가온 바람이
하얗게 닦고
보듬어 안아다가
파란 바다로 돌려보내느라
잠시도 머물 겨를이 없는데

느린 자연의 리듬으로 살아가는

삶의 행복을 터득했는지
깊은 잠에 빠진
땅덩이는 말이 없고
높고 공활하여 더없이 푸른
허공
환이 밝히는 샛별의 졸음을 쫓느라

프로펠러가 굉음을 내뱉는
폭격기 B29
에놀라게이Enola gay의 거대한 몸체가
서서히 기지개를 켜다가
관제탑 소리에 몸을 곧추세우는

이륙 전 15초
10초
5초
이륙 준비 완료
이륙

시침은 02시 45분을 가리키고
69톤의 거구인
B29
에놀라게이가
지금부터 가야 할 좌표는 동쪽

검푸른 바닷물에 둘러싸여
집어넣은 손마디
마디가 바다색으로
시리도록 파래질 것 같은

아름다운 섬 티니언 해안을
파도와 햇살이 번갈아가며 다듬어
반들반들 윤기가 흐르고

뻗어나간 세 개의 산호초 길에서
제일로 긴
활주로를 이륙하고 있었다

승무원 12명에
연료는 2만 6,500ℓ
4.5t의 꼬마둥이를 품에 안고

15분 지난
03:00
정각

고도는 1,400m
시속 394km인 기체의 실내 기온이

섭씨 22도를 상회하고 있을 즈음이다

자리 잡아 가벼워진 마음에
이런저런 생각이 떠오르는지
표정이 어둡다 했는데
이내 털고 일어나며
판사님 일하러 가신다는

우스갯소리 남기고 통로의
후면으로 돌아가
지나치는
뭉게구름에 시원함을 느끼며
공구 상자를 열고 재빨리 손놀림한다

걱정에 긴장이 얹혀진 탓일까
땀방울이 이마에 맺히며
분리 탑재한
폭발 장약의 작은 우라늄 덩어리를
조심스레 조립하는 파슨스 대령이다

전날 오후 내내 쉬지 않고 반복한
실행 연습을 잊은 듯
떨리는 손끝을 어찌지 못하며

지난 때와는 달리
불안한 생각이 이마를 스쳐
가족 모습이 눈앞에 어른거렸으나
단 한 번도 집중력을 잃지 않고
마음을 한곳에 모아
소요 예정 시간인
20분 이내에 다 마쳤으니
03 : 20분이다

11단계의 마지막 작업을 끝마친 후
만면에 미소를 지으며
승자의 표정으로 돌아와 앉았다

목표인 일본열도 남쪽까지
가야 할 길은 2,400km
산소가 희박한 곳도 아니고
태양열이 없는데도
너나 없이
콱콱
숨이 막힘은

왕복 13시간의 지루함이나
기체의 엔진 소리와
시린 별빛의

흔들림 때문만은 아니리라
모두 잠든 깊은 한밤에
숨소리를 죽인 적막을 뚫고
날카로운 송곳니가
가슴 안쪽의 심장을 후벼파듯
일정하게 딸깍거리는 시계의 초침이

한밤의 허기를 이기지 못하고 먹이 찾아
나무에 구멍을 뚫느라
이 산, 저 산을 서글프게 울리는
딱따구리
날카로운 부리의 끝 같아

여느 때의 마음 씀씀이와는 다르게
신경이 쓰이면서
나도 나지만 식구들을 위하여
우선은 살아야 한다며
비상시에 물 위에 뜨는 구명조끼에
낙하산과 비상 식량
정수환淨水丸을 일일이 헤아렸고

설마하니 그럴 리야 없겠지만
만일에 대비하여
승무원 전원에게 나누어 주어야 할

열두 알
청산가리의 확인도 끝났다

침묵 속에 시간은 흐르고
긴장의 끈을 푼
긴 목 군화에서 풍기는
발 고린내에 내다본 창밖은
세월이 그러하듯
쌓이고 쌓인 시간에
어제오늘이 내일로 향하여 가는

7월
23일

L1 실험을 시작으로
L2…
L5에 이어
마지막 폭탄인 L6을
바람 없고 적당히 구름 낀

7월
31일
투하한 바다에서

우라늄 235가 빠졌다 해도
열두 명의 땀과 힘에
마음과
마음을 모아
최선을 다한 연습의 기량으로

퓨즈와 폭발 타이밍의 정확도 등
모든 것에 만족함을 머금은
수평선이
불안과 초조와 긴장 뒤에
이는 갈증으로

유유히 흐르는 창공의 흰 구름을
독수리가 참새 낚아채듯
덥석덥석
겁도 없이 삼키고 있었다

닷새 전인
8월
1일

우라늄과 표적판이 자리 잡는
핵심이 들어서면서
최종 점검으로

첫째, 녹색 플러그는 안전 한가
둘째, 후판은 제거되었는지
셋째, 장갑판 제거는…

마지막
열한 번째
통로확보와 공구 치움을 끝으로

보거나 들어본 적이 없는 가공할 무기
원자폭탄의 조립에 따른
열한 단계 작전을
밤낮없이 실행하느라
닦고
조이고
또 조이고
닦는 연습을 거듭한
파란 눈의 기술 장교 파슨스 대령은

연료계 및 프로펠러의 초당 회전수에
거리 조절기의 작동 여부
냉각기 개폐 장치의 이상 유무
역변환 장치 및 작동 상황을 점검하고
연료 밸브의 원활성 확인과

다이얼 스위치의 정상 여부 체크에
레버를 점검하는 사이로

갓 시동된 3호 엔진의 프로펠러는
오랜 세월을 은거하던
호랑이
사자
표범 등

수효조차 헤아리기 어려운
많고 많은
밀림 속 맹수가

온 인류의 평화를 위하여
간다
못된 자의 소굴로
때는 바로 지금이라고
포효하듯 으르렁거리면서
분당 천 번을 돌고 돌아야 하는
실린더의 온도며

연료의 분사기를 포함한
모든 것이
앞날의 성공을 예고하듯 정상이었다

강줄기 여섯 개

1
내가 모르는 머리 위의 하얀 서리다
언제
어떻게
내려앉았는지
한숨짓는 자탄도 잠시

굽혀보고 펴보아도
팔다리 근력은 예전만 못해
지난 길을 되돌아보지만

이젠 건너지 못하는 강에
되돌릴 수 없이 흘러간 시간이 되어
회한悔恨이 눈앞에 점철됨은
거부할 수 없는 현실이 되었다

1945년
08월 06일
07시 09분

일본의 목표 지역 일기가 쾌청이라는
선발 비행기 통보에
에놀라게이가 방향을 잡은 곳은
시마네 현과
야마구치 현의 경계인
해발 1,300m의 산 간무리야마에서
모인 물이 발원하여
개천이 되었다가 냇물을 이루고
큰물이 된 오타 강이

방향을 바꾼 서쪽 다섯 지류와 합하여
여섯 개가 된
강줄기가 지나는 곳마다
모습이 제각기 달라
주변 풍광은 서로 다른 모양을 뽐내느라

더욱더 아름다워지려 노력하고
인간의 마음속 번뇌를
잠시나마 잊게 해주고 싶어

산림의 물소리는 맑게 흐르고
크고 작은 산새의 지저귐이 녹아들어
맴도는 여울목에

밝고 맑은 바람소리가
어느 사이에 다가와 시원스레 땀을 걷어가는

연 강우량 1,600mm에
춥고 눈이 많아 겨울이 길게 느껴지는
온난 다습한 기온의 침엽수 숲에
잎 큰 활엽수가 자라고
평균 기온이 섭씨 15도인 히로시마다

전쟁으로 많은 중국 양민을 학살하고
강제로 대한제국을 합병했으며
멀리 필리핀과
남양군도까지 침입한
제2차 세계대전 이전에는
풍족함이 주는 여유로움으로
두둥실 마음을 띄운 흰 구름에

삶과 죽음의 차안此岸이나
깨달음에 이른다는 피안彼岸의 의미
모두가 다 부질없는 짓이라며

잎사귀가 푸르게 흔들거리는
버드나무길 오토 강변
여기저기에 내어걸린 현수막엔

극장 디카리즈카에선 희극을
데이고쿠는 해적 영화를
역사와 전통의 고토부키에서는
네 번의 결혼이 개봉 중이라고
다투어 으스대고 있었다

2
태초부터 있음은 없음이요
없음이 곧 있음이니
더러운 것이 따로 없고
깨끗한 것 또한 있지 아니하며
물질이 줄거나 더함이 없으니

출생은 죽음이 있어 위대하고
헤어짐은 만남을 의미하고
만남이 헤어짐을 동반하는 이치
모를 리 없는
순 이의 발길은 급하기만 했다

소독용 알코올 냄새에
피고름의 흔적이 선명한
윗도리와 바지
피와 땀으로 범벅이 된 내의와 양말

돌보는 이가 없어 찢기고
헤져 나풀거리는 군복 조각에
어느 것 하나라도

혹여 떨어뜨릴까 봐
다독이고 여민 빨래 보따리를 안고
조신하게 걸으며

코끝을 통하여 폐 깊숙이 파고드는
사내 체취를
심호흡 때마다 들내쉬며
가슴에 꼭 껴안아 보느라
붉은 놀이 입술에 곱게 젖는

1945년
8월 5일
오후 7시

한 달 내내 쉼 없이 일하느라
지친 몸과 마음에
새 원기
담뿍 담아와
천황 폐하께 충성을 다하라며
부처님의 자비(?)를 베푸는

오랜만의 내일 하루의 휴가에

편히 쉬기보다는 산과 들에서
열매나 버섯
풀뿌리까지 뒤져
모자라는 세끼 끼닛거리
마련도 마련이지만

고향에서 단방약으로 즐겨 쓰던
내상內傷 치료용
민들레와
인동덩굴이며
외상外傷에 좋은 느릅나무뿌리에
너삼 구하려
먼 산을 찾으리라 다짐한다

지는 잎에 깔깔거리고
아무것 아닌 일에 민감해 하던
꿈 많던 여학교 4학년 때다

이제는 잠시 공부를 멈추고
대일본제국의 신민으로서 해야 할 일인
간호원 교육
석 달 후에

히로시마로 오던 날

낮 설고 물설음에 이웃이 서먹하여
부모형제와 친구가 그리워
하늘땅이 딱 붙나 했으나
세월이 약이라고
하루 가고 이틀이 가면서

병원 생활에 차츰 익숙해진
7월
스무날 밤

고향 그리움에 날개 편 파도소리의
긴 여운이 허공을 가득 채울 때
가슴 가득 미어져 나오는
한숨 소리에
부모형제가 그리운 고향 병을 앓으며
미친 듯이 쏘다니다가
언제부턴가 습관처럼 되어 버린

전선에서 이송되어 온 부상병 대기실
1병동의
구석진 자리를 찾았다

아픔을 이기지 못하는 신음 소리에
물, 물, 물
물을 외치며
호소하는 목마름에
죽여 달라는 절망의 소리
어제오늘 듣는 것이 아니라서
못 들은 척 무심히 지나치려는데

성한 곳 없이 피투성이 된 온몸에
신음소리로 이지러진 모습이
눈 가득하게 들어오는 순간

멈추어지는 발걸음에
머릿속이 하얗게 아득해지며
손발과 얼굴을 떨리게 하는 경련이
전신에서 이는 듯했다

분명 본 얼굴이다
누굴까
가까이 다가갔다
숨이 멎는다

오늘의 이 순간을 위하여
그 어려운 날들을

참고 견디며
살아왔는가 싶어
확인에 확인을 했다

핏물에 벌겋게 젖고
까만 때가 찌들어 있어도
고향집에 있을 때 제 손으로
한 땀, 한 땀을 옥양목에 그린
십자수의 봉선화
꽃망울 손수건을 꼭 쥔
오른손이 핏물로 젖어 있었다

환희의 절정에서 이는 기쁨
분수처럼 솟구치는
뜨거운 눈물 너머
고향인 전라도
김제 만경의 너른 들이 떠오르고
줄넘기와 술래잡기에
너른 운동장 가
버즘나무 아래에서
매달렸던 철봉이 어른거린다

조선 학생들이 많이 다니는
빨간 벽돌의 2층집

김제 중앙국민학교를 졸업하고
어려서부터 오빠라 부르는
세 살 위인 한마을의 박봉수가

전주의 중학교에 진학하고
3년 뒤
순이도 따라오면서

집 앞 들녘의 논벼만큼이나
정은
야물게 여물어 갔었다

깨지고 흩어져 옛 모습은 사라졌으나
우리나라 유일하게
높다란 산 정상에 궁궐을 지은

동고산성 주춧돌에
후백제의 견훤 임금을 기리고
하얗게 반짝이는
전주천 모래 한 알, 한 알에
중바위의 동정녀 부부를 그리다가

옛 고부군 배들에서
제폭구민 보국안민의 깃발을 흔드는

황토현의 함성을 되뇌어 보고
고색창연한 고창성 찾아
여섯 바탕의 판소리를 읊조렸다

1,400년 전
옛일을 떠올려 주는
부안의 주류산성 입구
좁지 않은 장패 뜰을 헤매는
백제 부흥군의 원혼을 달랜 후에

익산 미륵사지를 일깨워 지난날
불교와 유교의 학문을 전하고
어둠 깨우쳐 준 대가가
오늘에 와서 겨우 이거냐고
일본을 다그치기도 했다

여학교 3학년이던 작년 겨울
경성대학으로 유학한 봉수가 돌아와
천황 폐하의 신민 된 도리라며
또래들과 더불어 학도병에 징집되어
떠나기 전날 밤에 만난

동구 밖 네댓 아름의 느티나무
나뭇가지 끝의 칼바람이

서럽게 울부짖는 밤

누가 먼저랄 것 없고
말과 말이 필요치 않았다
눈과 눈으로 이야기하는 것이 좋아

잡히고 잡은 손, 맞댄 입술과 입술
벌겋게 뛰는 깊은 가슴속
두 방망이질이
몸과 마음을 활활 태워
동짓달의 매운 추위를 녹이고

새벽닭이 홰쳐 부를 때에야
가슴에 묻힌 얼굴
양손으로 싸안은 봉수는
눈물 자국을 지우며
순이,
내 꼭 살아서 돌아오려니
기다려 달라는
귓바퀴의 간지러움이
지금껏 남아 있지만

사람 하나가 떠나갔는데
텅 빈 우주

무엇으로도 채울 수 없는 아쉬움을
가슴으로 껴안은 사이에
세상은 이미 바뀌어 있었다

잠을 청해도 오지 않고
끼니를 건너뛰어도 배고픔을 모르고
좋은 줄 몰라 웃음을 잃고
친구와의 대화가 끊겨
칠판의 분필 글씨가 잘 보이지 않아

어느 마법이 기억 속에 날 가두는 거냐며
원망하며 저주하고
때로는 뜨거운 눈물로 미워했으나

그날 밤 봉수에게 안겼던 등허리
따스함의 스멀거림을
못 잊어
하얗게 지새운 밤마다
온몸으로 뒹굴 듯이 몸부림치며
울고 지낸 날들이
얼마였는지 헤아려지지 않았다

군수 공장으로 징집되어 온
친구이자 봉수의 여동생인 길순이와

상처를 돌봤으나

부상병의 증가로 턱없이 모자라는 의약품과
부족한 의료진의 손길에
구하기가 힘든
식량에 끼니 챙기기가 어려워
찢기고 터져서 곪는 봉수의 상처는
좀처럼 아물 줄 몰랐다

주는 방망이, 받는 홍두깨

1
진화 과정에서 만물이 생성하고
최초의 인류인 원시인이
유목민의 생활을 거쳐
농경 사회의 정착에 이은
안정적 집단 생활로
지난날을 돌아다보며
이것저것 생각해 보니

삶과 죽음이 하늘의 뜻이라지만
이제는 옛날 이야기가 되었다는 듯
비료와 농약 등
농사짓는 재료와 영농 기술이
어제오늘이 다르게 변하고

의술의 발달과 좋은 약 개발로
하나둘 사람이 늘어나고
평균 수명의
가파른 연장에 따른

생활 방식이 다양화되면서

지금보다는 좀 더 나은 삶
누리며 살아가고픈
욕구의 충족을 위하여
의사소통의 필요성을 느낀
주민 소망이 자연스레 모여서
살아가는 이야기를 나누는 사이에
남는 것은 이웃들에게 나누어 주고

사용하고자 하는 필요 물품은
그때그때
만들어 쓰거나
서로서로 교환하여 이용하는 것은
인간이 지녀야 할 필요요건이 되었다

옛부터의 미풍양속이었으며
거래의 편리를 도모하려
엽전을 주고받은 것은 그 후의 일로

언제부터인지 기록에는 없으나
시장을 달리하는
장시라는 말이
이제는 자연스럽게

물건 파는 사람을 지칭하는 단어로
생활 속에 정착하게 되었으니

물물 거래와 화폐의 통용 장소로서
우리나라 최초의 시장은
풍부한 먹을거리에 평탄한 지세로
운반 관리가 편리한
전라도 지방이었다고 한다

처음에는 보름에 한 번
후에는
열흘 간격으로 펼쳐졌으나
인구의 증가와
폭발적인 수요의 확대로 인하여

5일장이 형성된 것은 조선조 중기
유랑민의 떠돌이 생활이
정착에 의한
촌락의 형성으로
물물 교환의 필요성 때문이었다

넉넉한 인심이 가득 담긴 순댓국밥과
텁텁한 막걸리 한 사발에
짜고 시큼한 김치

입에 넣어 오물거리며
세상 돌아가는 이야기에
자녀 혼사와 알아야 할 일들을
얼굴을 마주하고 나누면서부터라는

1945년
8월
2일

황해黃海의 바닷고기와
너른 들에서 생산된 쌀과 보리
땀으로 멧갓 일궈 소출한
콩, 팥, 수수, 조 등
필요곡식이 모이고 모여
2, 7일장이 열리는
전라도 호남평야의 중심지인 김제시장이다

널따란 마당이나 텃밭에서
잡은 지렁이며
뛰어 달아나는 벌레를 주워먹고
자란 닭이 낳아
둥실둥실
크고 껍질이 두꺼워
누구나 먹고 싶어 탐낼 만하게

잘 다듬은 지푸라기로 곱게 엮은
색깔이 노란 알 다섯 줄을 들고
오랜만의
시장 구경 생각에
설레는 마음의 시오리 길을 걸으며

비바람과 천둥번개에 백설이 흩날려도
책보를 허리에 둘러매고
싫다는 소리 한 마디 없이
이 먼 길을 마다않고 학교에 다닌
대견스러운 아들과 딸의 모습을
머릿속에 떠올리며 다다른
시장 입구 닭전머리다

아는 이에게 계란을 넘긴 대목댁은
손에 쥔
몇 닢 지폐로
작은아들에게 선물하고 싶은
검정고무신 한 켤레에
소금 절인 고등어와
간갈치 몇 토막과 바꿨다

2

나하하 헤에이 헤에헤 오흔들
하헤 헤에 헤에 헤이가
산아지로오고나 아하하

바람 부네 바람이 부네
농촌 한가에 풍년 바람이 부네 아하하

일락서산에 해 떨어지고
월출동녘 달 솟아 온다 아하하

일허세 일혀 어허허 젊어서 일허고
늙어지면 놀아나 보세 아하하

만경산타령의 김매기 소리가
연초록색 잎사귀를
진초록으로 물들여 가며
푸른 하늘이
더 푸르도록 적셔
논배미 휘저은 날들이
보름이나 지나서였을까

어디로 갈거나 어디로 갈거나
갈 곳은 없는디 어디로 갈거나아
헝허어 으아허허 허허허

어디로 갈거나아
어린 자식은 밤나무아래의 밤
주워 달라 허고
큰놈은 밥 달라 조르고
즉은 놈은 젖 다라 칭얼거리고
세상 못 살것네
영감아, 땡감아
제발이지 날 다려가소
에헤에헤 으허허허 어허허여

작년 팔월 보름날 저녁에
보리 쉰편
일곱 개만 먹으란 게로
곱 집어서
열네 개 먹고 죽은 영감아
날 다려가소, 날 다려가소
에헤에헤 으어허허 어허허어

영감아, 영감아
작년 팔월의 논두렁 깎다
메뚜기한티
가심 채여 죽은 영감아
응아에 헤헤 에헤헤이

허허허으 어허허 에헤에야

어디로 갈거나
올 팔월에는 영감 오셔서
보리 싱편이나
보리개떡 많이 잡수소
응아 에헤헤 에헤에이
허허허으 어허허 어헤에야
어디로 갈거나

올 한 해의 마지막 김매기를 알리는
호미걸이 노래 〈만두레산이야〉가
아득한 지평선에 둘러싸인
징게맹게
너른 들을 울리면

흰 구름이 석양 놀로 붉게 물들어
갈매기가 너울너울 춤추며
들녘을 구성지게 울리는
풍물 굿 소리에
서녘 빛은 황홀경에 빠져들고

바람이 잘 통하여 알토란같이 여문 풍년
논배미마다 넘실거리라고

세넷 포기
건너띄워 가로지른 바람길에
가르마가 환하여

짙은 초록색 벼의 잎사귀에
이삭이 패어 오르는 논을
휘둘러친 도랑의
햇살 부서진 자리마다
늘어지게 하품하는 우렁이에

놀라 뛰는 메뚜기 아래
저수지 물을 빼는 물길에는
대나무나 싸리나무로 엮은
수기水器 안에 깊숙이 넣어 둔
구수한 된장 주머니 냄새에

붕어와 피라미가
물길 거슬러 오를 때에 이는
잔물결이 지나고 나면

집게발 높이 들어 하늘을 삼키려
하얀 거품을 내뿜으며
바다로 가려는 참게에 놀라
내달리던 냇물이

여울목에서 가쁜 숨을 고르고

높이 떠오르던 하늘이
물아래로 내려와 널펀펀하게 쉴 때쯤
논 가운데의
뜸부기를 어르는
어미 소리가 허공을 치면

너른 마당의 멍석에 가득한 고추를
벌겋게 물들이는
고추잠자리의 한유한 날갯짓으로
노랗게 여무는 풍년에
풀벌레 소리가 밤하늘을 적시며
가을은 익어가지만
주인 손길을 기다리는 논밭 일은 잊고

사람에 물건 구경으로 버린 하루라서
중국인인 왕 서방네 송방松房에 들러
비단을 구경하고
이것저것을 기웃거리며
색깔 고운 명주비단 만지작거리다가

얼마 남지 않은 팔월 추석날
남편 차례상에 올릴

마른 생선 고르고
밤, 대추, 감 등 삼색 실과를
눈물로 마련했다

3
들녘 고을답게 정미소와 싸전이 있는
옛 성터
성산城山 아래 삼거리
오가는 길 좌우에는
곡물 싣고 나온 우마차에
손수레며 지게들이 고기 굽는 냄새에
출출한 아랫배의 허리띠를 졸라매며
코를 벌름거리고

골목이면 골목 고샅이면 고샅에
시궁창 냄새가 넘쳐도
사람이 모일 만한 곳이면 어디든
예서제서의 수군거림에
머뭇머뭇 귀동냥한 이야기로는

금년
3월
초열흘날의 자정

미국 비행기 B29 3백 대가
두 시간에 걸쳐 장대비 퍼붓듯
쏟아 부은 폭탄이
1,700t으로
일본의 도쿄 시내
15km 이내에는

불타 죽거나 화상 입은 사람이
8만 3천 명
재해당한
백만 명의 이재민이
거리거리를 헤매고 있단다

글자 그대로 도시 전체가
쑥대밭이 됐다는 말에
인과응보다 하면서
당해도 싸다는 마음이었으나
아들딸 걱정으로 안절부절인데

열이렛날에는 규수와 시코쿠가
무차별로 폭격당해
주위 비행장이 못쓰게 되었고
사망자 3천 명에
부상자가 2만 명으로

집 잃은 23만여 명이
오갈 곳이 없어 방황한다고 했다

4월
초하룻날
미군이 상륙한 오키나와에서는
45만 명이 거주하는 섬에
83일간
포탄 8만 발을
소나기 내리듯 쏟아 부었고

서로가 서로를 알아보는
거리에서 쓰이는
수류탄
39만 개가 사용되었으며
기관총알만
무려 3천만 발이 퍼부어져
바다와 육지는 물론 하늘에서까지

어느 한 곳 성한 자리가 없이
온몸이 상처투성이인
일본은 쓰러지기 일보 직전이란다

6월

스무사흘날
오후 4시 30분

이겨야 한다, 아니 꼭 이긴다며
성전聖戰(?)을 독려하던
사령관과
참모장의 할복으로
길고 긴 싸움은 끝났지만

한쪽 손에는 미군 공격용
또 다른 손의
자결용 수류탄에 희생된 주민이
9만 4천여 명이니
미군 1만 2천 명
일본군 6만 5천 명보다
일반인들의 피해가 더 크고 많았다

소유자와 상의 없이
제집 안방인 양 멋대로 들어와
물건값에 대한 피해 보상도 않고
철길 내고
신작로 낸다면서
때와 장소의 가림도 없이
측량판을 세워 놓고

주인 내쫓은 조선에서의 만행에

1937년
섣달
열사흗날

중국의 남경을 침략하여
남정네란 남정네는
보이는 대로 모조리 죽이고
겁탈한 여인
앞가슴을 도려내고
여성 거기에 칼을 꽂는
야만적 행위를 자행하면서

조상 대대로의 피땀이 엉켜 있는
쓸 만한 물건은 가져가고
부수고 방화하여
문화재 약탈하는 못된 짓
서슴없이 행하였다

다음해의 정월까지 인구의 절반인
35만 명을 학살하고도
진정한 사과의 말 한 마디나
잘못을 뉘우치는 반성의 기미는

전혀 보이지 않았으니

하늘이 저리 높고도 푸른데
어찌 천도天道가 없을 거냐고
당해도 단단히 당할 거라며
느티나무 아래에서
옛일을 말씀하시던 마을 노인들은

오는 방망이에 가는 홍두깨라면서도
밤말은 쥐가
낮말은 새가 듣는다며
손으로 입을 가리고
쉬쉬하며 말조심을 하고 있었으나

내가 거짓말을 하는 것이 아니라는 듯
북해도가 폭격당하고
마리아나제도의 사이판을 빼앗기고
미드웨이 해전에서
항공모함 4척이 격파되고
순양함이 침몰되면서

비행기의 일등 조종사인
젊은 사람들의
목숨을

함부로 버리게 한
미쳐도 보통 미친 짓이 아닌
가미가제 공격이
다시는 없을 거라고도 했다

히로시마와 고쿠라며 나가사키 등
몇몇 도시를 제외하고는
폭격으로 죽거나
다친 사람이
다른 나라의 피해에 미치지는 못한다 해도

저 잘 있다는 말에 앞서
필리핀의 전선에서 무사히 살아 돌아온
제 오빠가
히로시마에 잘 있으니
안심하라는 소리를

맨 윗머리에 큼지막한 글씨로 쓴
딸 길순이
마음 씀씀이에
흐뭇한 웃음으로
가슴 적셔 보는 대목댁이다

2부

꿈같은 이야기

1939년 9월 1일 제2차 세계대전에 이어 1941년 12월 7일 태평양전쟁을 일으킨 일본인의 야만적 살육행위에 대한 분노의 표현이었다. 미국 남태평양군 사령관 홀지 제독은 일본인을 죽이고 또 죽이라 했다. 제10군 사령관 스틸웰 대장은 쪽발이들 속을 꺼내어 철망에 널어 놓고 싶다고 했다. 그래서 전쟁을 조기에 완료하기 위하여 원폭 투하를 결행하게 된다.

꿈같은 이야기

1
초승달이 가장자리를 형성하였다 해도
둥근 보름달이 다 비운 뒤에야
채워서 가득함을 쫓는
자연의 이치에
울고 웃는 사람들 모습이듯

핀 꽃은 열흘을 넘기지 못하고
10년 넘는 권세가 없고
밤이 지나면 아침이 밝아 오듯이
동이에 물이 차면 넘쳐흐른다면서
인생을 논하고 삶을 말하여도

부모님이 주신 이름 앞에
붙을 수식어인
나쁜 사람
훌륭한 인물
이걸 잊어서는 아니 되겠기에

아무리 어려워도 중심을 잃지 말고
어느 때 어느 경우에나
지나치지 않고
모자람 없이
떳떳하고 변함이 없어야 한다며

모든 일은 때맞추어 행동하고
처음부터 살피며
그르쳤을 때에는 후회하지 않으려는 듯

1945년
8월 6일
02시 45분

마리아나제도의 티니언 섬
활주로를 떠난 폭격기
B29 에놀라게이
날갯짓이 한가로워
느릿느릿 저만치 비켜서는 흰 구름
저 아래
멀리 보이는 찢긴 모습은

1944년
6월

15일

전격 상륙한
미 해병대에 밀린 일본인들이
천황 폐하께 충성을 한다며

7월
7일
마피산 정상에서

적에게 항복하기보다는 죽음을 택한다고
대일본제국과 천황 폐하 만세를 외치며
푸른 태평양에 몸을 던진
만세 절벽에
시린 달빛이 스며들어

바다가 물결을 머금었다 뱉고
또 머금는
시간의 거친 호흡에 밀린

다음날인
7월
8일

부녀자와 어린이, 젊은이가 뒤따르고
갈매기 날갯짓에 이는 슬픔으로
거칠고 험한 244m 높이
자살 절벽이 우뚝 솟은
마리아나제도에서 제일 큰 섬
사이판에
검은 장막이 드리워지면서
지난일은 잊었다는 듯
물위의 별빛이 바람을 희롱하고 있었다

끝없이 펼쳐진 바다는 옛일을 떠올리듯
솟다가 스러지고
스러지는가 하면 다시 솟는
통곡 소리를
포말로 쏟아내는 자리마다
생성生成과 소멸消滅
소멸에서 생성으로 이어지는
반복과 윤회를
조금도 멈추려 하지 않는데

해변으로 내달리는 비행기 안에서
11개의 무인도를 내려다보는
기관총 사수
톰 페러리의 뇌리에는

비행기 출격 준비가 모두 끝난
조금 전 자정
조종사에 항법사와 엔지니어 무전병
폭격수
기관총 사수 등
80여 명을
막사 안 환한 불빛 아래에 모아 놓고

지금까지 들어 본 일이 없고
상상해 본 일도 없어
이해하고 넘어가려 노력했지만
시작과 끝을 알 수 없는
공상 만화 같은 환상을 되씹어 본다

어제 다르게 변하는 오늘에는
전깃불이 들어오고
기차는 달리고
비행기가 날아다니고
바닷속에 잠수함이 있다고

과학 문명에 대한 설명을 늘어놓던
부드러운 말씨와 큰 키에
머리가 벗겨진 해군 장교 파슨스다

2
전쟁이란 싫건 좋건 원치 않아도
살기 위해서는
상대방을 죽여야 한다

곱고 아름다운 학교 교육으로
처음엔 정신이 혼미하지만
주위 환경에 차츰 익숙해지면
싸워야 하는 이유라거나
지난날을 돌아보는 내 생각으로
주위를 살필 여유가 없이
상대방을 향하여 방아쇠를 당기고

달려오는 적에게 수류탄을 투척하고
때로는
온몸으로 부딪치는
백병전을 감내하면서
살아남으려면 죽여야 한다며

시간은 나도 모르는 사이에 지나가고
잠시의 휴식 시간에
나로 돌아온 정신의 인식 촉각이
한 바퀴 휘돌고 난 뒤에는
본인도 알 길 없어 주체할 수 없는 분노와

씻어 내릴 수 없는 회한에
이성은 떨어져 내리고

가슴 깊숙이 샘물처럼 솟는 슬픔이
수없이 일어난다는
파슨스의 이야기는 계속된다

1941년
12월
7일

전 세계를 정복하고픈 야망에 사로잡혀
태평양전쟁을 일으킨
일본이
하와이의 진주만을
예고 없이 기습 공격하던 날
타이완의 일본군 폭격기는
필리핀의 클라크 공군 기지를 파괴했고

다음해
1월
2일

부득이 마닐라를 내이주고

바탄반도로 후퇴하여 집결한
필리핀군 6만 3천 명
미군 1만 1,800명
도합 7만 5천여 명 병력은

1942년
4월
9일

무기와 식량 등 군수품의 부족으로
5만 명의 일본군에 항복하고
바탄에서 딸락으로 이어지는
145km
험한 산길과 숲길의 포로로 이송되면서

허우대에 비하여 노린내를 풍기는
코가 크고 키 큰 양키라는
이유 아닌 이유로
시도 때도 없이 얻어터지고
끼니를 잇지 못해
놀림 끝에 총살당하고
밀림의 맹수들 먹이가 되며

독사에 물려 죽고

무단 해코지에 희생되고
풍토병인 말라리아에 목숨을 잃고
더러는
그들 칼에 참수되는
인면수심人面獸心의 행위로
내일을 잊은 행렬로 끌려가면서

꿈 희망이
지친 발길에 차이며
1만여 명의 필리핀군이 살해당하고

6백여 명 아군의 무참한 희생을
본토 언론과
영화 상영 전 뉴스에서는
괴롭히고 죽임을 낙으로 삼는
짐승처럼 날뛰는 일본인은
사람으로서는 할 수 없는 짓을
다하고 있다, 라고

매일 외치는
믿지 못할 사실들이
입과 입을 통하여 널리 퍼져나가
이제는 모르는 사람이 없게 되었다면서
남태평양군 사령관

홀지 제독은
일본인을 죽이고 또 죽이라 했다

그런가 하면 바퀴벌레 같은 쪽발이들
속을 꺼내어
철망에 널어 놓고 싶다고
제10군 사령관이던
스틸웰 대장이
아내에게 보낸 편지에서
토한 울분의 바람을

빠른 시일 안에 실천하기 위하여
최소의 인명 피해에
최대의 성과를
거양하여야 함은 물론
이 전쟁을 조기에 끝내기 위하여는
살상 능력이 탁월한 신식 무기를
다량으로 새로이 개발하였으니

우리가 일본에 투하할 폭탄의 이름은
리틀보이Little boy
일명 홀쭉이라고 하였다

본토의 뉴멕시코 주

부에르트 사막에서 실시한
실험 때보다 향상된 성능이다
누누이 설명하여도
지금은 느끼지 못하겠지만
B29 2천 대가 실어 날라야 할
TNT 2만 톤의 위력과 같다

오차 없는 투하가 실행된다면
9백 미터 밖
사람을 넘어뜨리고
투하된 지점으로부터 반경
5km 이내는 쑥대밭이 된다

공상적 허구의 이야기라 하겠지만
90km 밖에서
폭탄의 폭발음이 들리며
태양보다 10배는 더 밝고
폭발 뒤의 공기 소실로
생기는 공백
메우는 후폭풍으로
건물이 무너져 내리며
많은 사람이 목숨을 잃을 것이다

특히 폭발 당시의 온도는

태양 표면보다
만 배나 더 뜨겁다

명심하라
우리는 성공할 것이다
허나
주의할 것 하나가 있다
오늘들은 이야기는 남겨 두지 말고
떠날 때
모두 두고 가야 한다

신의 가호를 빈다, 라는

괴담 아닌 괴담으로
어리둥절하는 사이에
센터보드Center board라는 책임자와

폭탄 탑재기
에놀라게이의 조종사이며
편대장인 티비츠 대령은
이곳 티니언에서 이온 섬까지는
비행 고도 1,500m
폭격 고도는 9,300m
시속 320km로 날아갈 것이다

비행 중 이용할 통신은 G채널
폭격은 단 한 번이며
대상지는 미정

날씨에 따라 선정하되
모든 자료를 분석한 결과
1순위는
히로시마다
고쿠라는
비상시의 첫 번째 대안이며
나가사키는 두 번째다

그런 일 없이
아니, 일어나지야 않겠지만
만일의 경우
세 곳이 다 어려울 여건에 처한
그때는 현지에서 정한다

폭격 예상지의 기상 관측용 비행기는
이곳에서
1시간 전인
01:45분에 출발
현지 사정을 수시로 연락한다

인생에서 가장 신나는 새벽이다
우리가 야만을 꺾을 수 있는
영광의 순간이다
두려움에 겁먹지 마라
화살은 이미 시위를 떠난 것
멈출 수 없음을 명심하고
맡은 일에 충실하기 바란다

모두에게
신의 가호가 있어라

믿기지 않는 희망을 놓치지 않으려
연습한 20여 일 동안
잠시도 긴장의 끈을 풀지 못하고
부단히 노력하고 연마한 기술이지만
확인에 또 확인하느라
호박이라 부르는 훈련용 폭탄을
투하하기도 하며

현지에서의 실제 사용 기술을
매일 교육하던
편대장의 이야기는 여기서 끝나고

알다가도 모르고
모르고서도 알 것 같은
혼란스러운 머릿속을 정리하려
올려다본
머리 위의 별자리 중
긴장 초조로 인하여 지친 병사들에게

따뜻한 국물 한 모금
떠주려는 듯
국자 모양으로 떠 있는 북두칠성과

파랗게 흩어 뿌린 은구슬처럼
물속에서 반짝이는
수많은 별
물먹은 눈동자가
새 새벽을 열려는 의지로 설레고 있었다

강변 버드나무

1
하늘이 점지한 천황 폐하의 신민인
우리에게는 패배란 없다
일시적인 고통을
즐거운 웃음으로 넘기며
견뎌내야 한다고

전쟁 의식을 고취하려
떠들어대는 신문 방송들이야
뭐라 하던 시간은 흘러

1945년
8월
2일

강 여섯이 흘러 풍요를 적시고
시원함을 더해 주는 뒷산에
강가 버드나무 가지가 춤추면서
여느 날같이 해가 떠오르는

히로시마의 아침이다

활동하기가 아직은 이른 시각인
어린 중학생들
티 없는 눈초리는
아직 모르는 표정이지만
노약자와 일반 시민은
전쟁의 막바지를 피부로 느끼며
시내 중심지를 가로지르는
50m 넓이의 방화선 3개와
시내 중심지의 도로망 주변

2,500여 채
목재 가옥 밀집 지역에
만일의 경우에 폭격으로 번질
불길의 방화대防火帶를 만든다면서
학교와 직장
가정일까지 젖혀둔 채
아침 끼니를 거르고

오뉴월 복날에 개 끌려오듯
지친 표정으로
모여드는 머리 위에
새들 노랫소리가 흩어져

한 무더기의 흰 구름이 밀려오는데

어제 같은 비행기 소리가
가까이 왔나 싶어
방공호로 재빨리 몸을 피한 사이에

고하노니 일본 군국주의자들은
국민에게 사죄하고
미국 대통령 트루먼
영국 수상 처칠
소련 당서기장 스탈린이 합의한 선언문

－ 일본 영토를 보장하고 점령하되
－ 무장을 해제하고
－ 전범자는 처벌하나 인권은 존중한다
－ 민주 정권 수립 후에
－ 점령군은 철수할 것이니
－ 일본은 무조건 항복하라, 는
포츠담 선언문 전단지가

맞잡은 미 · 영 · 소 정상의 손이듯
서로서로의 어깨를 마주하고
춤추듯 쏟아져 내렸으나

주요 도시는 회복이 어려울 정도로
여러 차례 피폭됐지만
아직 피해가 없는
히로시마의 상공에
적기 출현은 시간 문제다
유비무환의 정신으로
큰 피해를 막는 길은 오직 하나

건조물 해체뿐이라며
목조 건물 목에
길게 늘어뜨린 밧줄을 걸었다

여기저기서 몰려온 어린 학생들
가냘픈 손길이 어루만져
잃었던 생명력을 되찾은 듯
사선斜線으로 팽팽하게 뻗은 끈
저쪽에서 우지끈 뚝딱하는 비명이

영차 소리를 꿰뚫고 터져 오르는 순간
한 가정의 보금자리가 무너지며
뽀얗게 치솟는 흙먼지와
나무기둥의 단란했던 꿈이
산산조각으로 흩어지며
허공을 향하여 누군가를 원망하듯

올려다보며 나뒹구는 쓰레기 속

바스락거리는 소리에
무언가가 있다는
낌새를 느낀
중학생 다에코가 주운
신문지의 주름살 사이로 보이는 글자는

오늘 작업에 참여하신 여러분께
진심으로 감사드린다, 라는
시장市長의 이야기를 읽는 그 시각이다

폭포수 줄기로 쏟아져 내리는
영창 밖 햇살이
소리 없는 함성으로 퍼져 흐름에
도리깨에 튀겨져 오르는 콩알이듯
놀라 눈을 뜬 기요코다

어쩐지 일어나기가 싫어
미적이며 생각하니
산과 들을 헤맨 어제 하루 내내

먹을 수 있다 싶은 풀뿌리에
풀과 나무잎사귀

가지나 줄기의 열매를 찾아보았으나
앞선 발자국이
이리저리 헤맨 모습에서
찾아보아야 더는 없을 거라고
말없이 알려주는 표정에 멍했지만

전쟁의 긴박성을 알려주려는 듯
주요 도시가
미군 폭격으로 폐허가 되고
바다에 잠긴 항공모함
항구 내외에 설치한 기뢰가
들고나는 먹을거리의 출입을 막아
돈은 지니고 있으나 굶주리는 시민들

차마 눈뜨고 볼 수 없는
가슴 아린 고통은
상상을 초월해 있었고

채소에 곡식과 일반 푸성귀며
넉넉한 농산물에
여유 있어
언제나 없이 사람으로 붐비던
2천여 개 식료품 가게 중

남은 150개마저 물건이 없어
돈 쓸 곳을 몰라
우선은 살아야 한다고
남녀노소에 빈부귀천을 가리지 않고
나무순과
굼벵이, 딱정벌레
마다하지 않고 잡아먹으며

굶주림과 궁핍의 공포에 허덕이는
당황초초가 깃들어
너나없이 허기진 배를 두 손으로
거머쥐면서

일곱 살짜리 어린아이
막냇동생 에미코가 배고파 삼킨
익지 않은 풋과일에
재롱을 거둔 지 닷새째 되는 날이다

아픈 배를 붙잡고 나뒹굴던 자리에는
살려달라는 비명소리가 맴돌아
별들 눈망울이
물기에 촉촉이 젖어들고
풀숲 벌레가 서글프게 우는데

쌀 부족량이 1,400만t이라는
정부 발표가
헌병 초소의 차단기를 헤집고
시내를 빙빙 휘돌아
모두가 더욱더
여느 날보다 지쳐 있다

2
파괴된 건물 더미에
마음마저 산산조각이 되는
일찍이 경험하거나 들어 본 일 없어

상상이나 추정이 미치지 못하고
하나님만 알고 있는
일들이
계획에 준비 기간을 거쳐
실행으로 이어지고 있는 위험
짐작케 하는
부산스런 주변 변화를
피부로 느끼는 사람이
과연 있을까 싶지 않으나

때로는 인간의 상상력으로
예기치 못한 일이

세상에서 일어나고 있었으니

"원자폭탄 투하 승인 요청한
7월 24일자(번호 WBR37683)와 관련됨

전쟁 장관은
그로브스 장군이 작성하여 보낸
작전명령을 승인함"이란

겉모양이야 지극히 평이한
극비 문서가
워싱턴으로부터 날아와
책상 위에 놓여 있지만
담겨진 의미를 아는 이가 없었으니

그제와 어제를 거쳐 오늘이 있기까지
히로시마를 휘돌거나 관통하며
산과 들의 이야기를
지저귀는 산새 소리 싣고
푸르게 흐르는 6개의 강 제방변
버드나무길이 이어진 그늘 아래
삼삼오오 모여 앉아
마주잡은 연인의 손길이나

나이든 부부의 다정스런 이야기에
날카로운 부리를 앞세운 새들과
지난 한 세월을 관조하는 노인네들

산책의 발길 모두가
어려움을 겪어 보지 않은
여유로움의
너나없는 얼굴에서
어두운 그림자는 찾아볼 수 없었다

B29 폭격기가
소이탄을 퍼부었다는 소식을
지나칠 수 없게 된 히로시마에서는

4천3백 명 황국 육군의 제2군 사령부에
서부와 동부를 총괄하는
보급 사령부와
이에 따른 각종 시설물과
자재 운반에 필요한 자동차 관리와
생산 시설 종사원이
먹고 취침하고 쉬어야 할 공간에

착하고 예쁜 조선 아가씨들이
먼 타향에서 시름을 삶고

고향 그리움을 담은
쇠고기 통조림에
술이며 탱크용 타이어트랙과
폭탄을 만드는
히로시마를
폭격기들이 모르는 척
그냥저냥 지나치는 것 같지만

원폭투하지역선정회의에서는
교토
히로시마
요코하마
고쿠라에
병참 기지의 나가사키 등
다섯 곳의 후보지를 놓고 토론한 결과

"지금까지 단 한 번도
폭격다운 폭격을 가한 일이 없는
히로시마는
각종 군사 시설과
주위의 자연 여건이나
인구에 따른 파급 효과 면에서
빼놓을 수 없는
최적의 도시임

여러 여건을 종합할 때
제일 후보지이므로
심사숙고해야 함"의 의견 제시에

8월
2일
폭격기 편대장 파슨스 대령에게

첫 번째 표적은
히로시마
투하 일시는
8월
6일

어느 누구도 거절하지 못할
지상 명령은
이미 내려와 있었다

여건상 대상이 아닌데도
재래 폭탄을 수없이 얻어맞은
고전 도시인 고쿠라와 나가사키는

히로시마가 먹구름에 가리어져
폭탄 투하 목표물의 식별이

도저히 불가능할 때
대체할 지역으로 정해 놓고

병력 주둔에 유동 인구가 많으며
육군 병참 기지와
군용 항구로서
상주 인구 30만 명에
시내를 휘감아 도는 여섯 개의 강을

둘러싼 주위 언덕으로
폭발 충격이
최대로 증대할 이점 외에도

인적·물적으로 가할 막대한 피해가
원폭을 인식시키는 측면에서
다른 어느 곳보다 유리하다며

유사한 교토와 대비됨은
설마 우리 지역에 폭격이야 있겠느냐는
히로시마 지역민들의
요행수를 바라던 마음에
더 큰 불씨를
안기고 있었음을 아무도 몰랐으니
깊고 넓은 하늘의 뜻을

어느 누가
헤아리고 거역할 수 있으리오

나날을 이어가는 가난한 자의
꿈
희망을
잔인하게 깨부수는
끝없이 넓고 긴 길이

철부지 어린아이들의 호기심과
늙은이 한숨 속에
차근차근 오늘도 닦여지고 있었다

옆구리 휘도는 찬바람

1
농사란 땅심 높인 곳에 씨앗 내려
가꾸고 키워
소출 높임을 첫째로 함은
농촌 출신이 아니더라도
잘 알고 있듯이

모든 일은 때를 맞추어야 하니
부지런하고 성실하게
곡식을 대해야 하는 것은
예나
지금이나
다름없는 것으로
거름을 제 때에 하여야 하고

아침저녁마다 다독이고 어르는
문안 인사를 나누어야 하며
퇴비 한 짐 넣지 못한
메마른 맨땅에 심은

곡식이라 하여도
웃고 흥얼거리는 농부가에
꽃피고 열매 맺는 것이라서

물꼬 돌보기며
김매기에
피사리
농약 주기 등
해도해도 시작과 끝이 없어
처마 끝 너머로 보고 나간 별들을
안고 돌아와야 하는

힘든 일을 해야 할
곳곳의 여러 남정네가
학도병에
징용으로 끌려가니
농촌 고샅에 탄식이 넘쳐나고

제때에 돌보거나 가꾸지 못해
마지기당 양석 수확이 어려움은
마른 짚불 보듯 빤한데

개 무엇에 덩더꿍이고
돈 잃은 놀음판에 뛰어들어

개펑이라더니
피와 땀
한숨으로 거두어들인 곡식
물세와 공출의 명목으로
뺏기고 착취당함을 모를 리 없지만

굽은 소나무가 선산 지킨다고
대를 이어서 내려온 삶터에
조상님들 묘역을 돌보며
느티나무 아래의 이런저런 한담에
지친 몸과 마음을 추스르면서

농사짓는 것이 농심農心이라는 농민들이
마지막
세 번째의 김매기를 끝내면서
바람이 잘 통하여
도열병에 벼잎마름병
멸구, 이화명충피해 이전에
돌아보고 돌아다보며 예방하고

패어 오르는 벼 낟알들이
잘 다듬은 토란같이 야물게 여물라는
만도리의 땀방울이
칠월 칠석날

견우 직녀의 눈망울로 반짝이면서
울려 퍼지는 풍년의 꿈을
산과 들이 가을 색으로 물들일 때

탐욕을 억제하지 못한
태평양전쟁 폭풍의 와중으로
강제로 끌려간 노동자 중
탄광 광부 비율이
33%인
72만 5천 명
조선의 젊은이가

어둑한 지하 막장에서
검은 탄가루를
온몸으로 까맣게 들이켜면서도
사는 날까지는 열심히 살아가는
조선인이기에

회한과 한숨, 탄식이 점철되면서
어머니, 아버지와
마누라에
자식들 모습을 떠올리며
수십 미터 지하 막장에서 건져 올린
울음과 땀이

검게 적셔진 무연탄이며

눈물 젖은 유연탄을
한 삽, 두 삽 캐어 올릴 때마다
흘린 피눈물이듯
고향 장독대의 맨드라미는
오늘도 붉게 피어나고

멍석 위의 고추를 빨갛게 말리는
고추잠자리 날갯짓에
조선 제일의 곡창 지대 호남평야가
지평선 품안으로
끝도 없이 이어지는 농토는
가꾸는 만큼
틀스럽고
야무지게 쑥쑥 자라
무진장하게 쏟아내는 곡물이지만

사람이 없어서 돌보지 못하는 집집마다
다 잡은 고기를 놓친다는 원망에
해마저 바다로 숨어들고
돋는 달이 시린 빛
밤이슬로 뿌리는 자국에

아랑 낭자의 숨결이 돋아 오르는
지난 세월의 긴 하품이
저절로 뿜어져 나오는 열기로
밤을 펼치는
깊고 넓은 장막 안에

그 옛날 백제 시대
필요한 농업 용수를 공급하던
우리나라 최초의 저수지
벽골제 제방을 쌓느라
짚신 흙을 털어서 이뤘다는
신털뫼산 아래
여남은 호

집집마다의 이마에 이마를 맞댄
초가집 지푸라기는 깊은 잠에 빠져들고
박꽃 하얀 웃음이
새벽을 손짓하는
낮은 흙담 울타리가 정겨운데

동네의 사 칸 기와집 처마를 빠져나온
마디마디 애절한 한숨 소리가
골목을 맴돌면서 풀어 놓는
들녘 바람으로 잠 못 이뤄 뒤척이는

진주 강씨 대목댁은

전형적인 조선 여인의 미모라서
세상이 시끌시끌하다며
양가에서 혼담이 오간 나흘 후다

차일 아래에서 원삼 족두리 갖춰 입고
일가친척에 친우들의 환호 속에
두 살 위인 밀양 박씨
원배와
열아홉에 결혼하여

가마 타고 시집간다는 말을 실감하며
다음해에
스무 살의 어린 나이로 얻은
첫 아들이 터를 팔아
두 살 터울로
아옹다옹하는 남매를 기르다가
둘째 아들을 낳은
세 해 뒤에
아픈 곳 없이 시름시름 앓던 남편이다

이 약, 저 약에 좋다는 단방 약이며
새로 생긴 읍내 병원이나

숯불의 한의원 탕약도 마다하더니
어느 날 오후
물끄러미 올려다보다가는

잠자듯이 떨어뜨린 고개에
감지 못해 뜬
눈꺼풀
내려 감겨 주며
근심걱정이 없다는 저세상으로 보내고는

에헤헤라 뫼토짐지기야
에헤라 뫼토짐지기야
죽은 맹인의 뫼토로구나
가자가자 원했더니
염라대왕 찾아가네
무정허요 무정도 허요
염라대왕도 무정허요

에헤헤라 뫼토짐지기야
다려갈 양반이 많이 있건마는
우리 남편을 다려가야
약방 약도 쓸데가 없고
요새 병원도 쓸데가 없고
염라대왕이 다려간다

짚으로 만든 굴건 두르고 상복 입어
아픈 가슴을
슬픔이 짓누르면서
요령 소리 앞세운 구슬픈 상여 소리로
아이의 아빠를 저승으로 보내고 난 뒤다

홀로 앉아 되돌아보니
미운 소리 할 때에는 몰랐지만
가고 없는 지금에야
절실히 생각나며
동지섣달은 그렇다 하여도

꽃 피는 삼사월이며
오뉴월 염천과
단풍철인 구시월에
홀로 있는 적적한 밤이면
옆구리 휘도는 찬바람을

애써 떨쳐내느라
이 방, 저 방의 구석구석을
치맛바람으로 휘젓고 다니면서
일구월심 아이들 뒷바라지로
문전옥답에

패물마저 없이하며
한양으로 유학 보낸 아들 봉수다

제 아버지가 없어 텅 빈 집에
어미 홀로 남겨 두고
금년 정월
무운장구의 어깨띠를 두르고는
학도병으로 떠나던 날

애가 타다 못해 저미는 어미의 가슴인 양
새까만 연기
사정없이 뿜어내고
다정한 한 마디의 말조차
건넬 수 없이
왝왝 소리를 질러대며
불 먹은 울음을 삼켜 버리는
화통의 하얀 입김을 안고
김제역에서 기차에 오르던 모습이

자나깨나 앉으나 서나
잊지 못해
온 가슴을 쥐어뜯는
시린 칼바람이
인정사정없이 옷깃을 파고드는데

결전교육조치요강으로
딸마저 끌려가
히로시마에서 일하는 앳된 모습
눈에 어려
좋아도 좋은 줄을 모르는데

인간의 욕심에 한계라는 것이 없고
만족이라는 단어는
애당초에 없는 것으로서
아흔아홉 섬 가진 사람이
가난한 자의 한 섬마저
보태라고 하는
있는 놈 짓이 더 무섭다더니

일본은 싸움질로 부족한 군량미를
집집마다 순사를 보내
장광에
고이 넣어 둔 씨앗마저 가져가고
공출로 앗아가니
보릿고개가 아닌데도
풀씨 털어먹고
생솔가지 벗겨 먹고
풀뿌리로 연명하면서도

보고 또 보아도 예쁘기만 한
아들딸
살다 보면 어느 땐가
보겠지 하는
희망이 있어 마음이 편안했는데

요즈음엔 왜 그런지
눈 감았다 하면
떠오르는 낯선 모습이며

친정 조상님이 꿈에 보이는
뒤숭숭한 잠자리라서
어딘가에 동여매고 싶어도
기댈 기둥이 없음을 느끼며
스스로를 스스로가 다잡아 얽어

저승에서 지은 죗값
치른다면서
잠시 잠깐도 짬을 두지 않으려

산란한 마음으로 논밭에 가고
베틀에 앉아 좌우로 북틀을 날리며
집안 가꾸기에 전념하는

대목댁 얼굴에는
웃음이 사라진 지가 오래되었다

2
나이가 들수록 가려운 등을 긁어 줄 사람과
서로 간에 속이야기 나누어 가질
상대방이 그리워
쏟는 과부의 한숨으로
오뉴월에 찬 서리가 내린다 했으나

뉘 있어 당사자의 마음을 헤아릴까
그냥저냥 넘어갈 일에도
안절부절 못하고
누군가와 다투고 싶은 마음이
때 없이 일어남을 감추려
모든 것을 훨훨 털고 일어나
바람에 올라 논밭을 휘돌아 보다가

이유를 모르게 우둔거리는 가슴을
쓸어안기
얼마인 줄 모르는데

언제부터인지 알 수는 없으나
먼저 간 애들 아빠의 지친 모습에

얼굴 한 번 뵌 적 없는
조상님이 보이는
눈감은 꿈자리가 뒤숭숭해

단골로 드나드는 당골래를 부를까
용하다고 소문난
아랫동네의 점쟁이를 찾아볼까

아니면
깊은 산속의 절로 들어가
부처님께 남은 생을 의지해 볼까

이 궁리에 저 궁리를 하다가
흠칫 놀라 생각하니
아이들이며
여러 사람 앞에서
남우세스러울 것만 같아
그만두면서도
어딘지 모르게 남는 아쉬움을

나이 탓이려니 하다가도
남편 그리는
마음속
울화병인가 싶어

땡볕에 몸뻬 걸쳐 입고

말없이 이곳저곳을 헤매다가
식구 식량 답
댓 마지기 텃논 피사리에
5리는 실히 됨직한
종중宗中 멧갓
땀 흘려 괭이로 일군
작은 밭뙈기에서 김매기하며

아리랑 아리랑 아라리요 아리랑
고개고개로 나를 넘겨 주게

눈이 올라나 비가 올라나 억수장마 질라나
만수산 검은 구름이 막 모여든다
(후렴)

아우라지 뱃사공 아저씨 배 좀 건네 주오
싸리골 검은 동백이 다 떨어지네
(후렴)

멀구 다래 따려거든 청서듦으로 들고요
이내 나를 만날려거든 후원 별당으로 들어요
(후렴)

111

이삼사월 긴긴 해에 점심 굶고는 살아도
동지섣달 긴긴 밤에 임 없이는 못 사네
(후렴)

오늘 갈런지 내일 갈런지 정수정망이 없는데
맨드라미 줄봉숭아는 왜 심어 놨나
(후렴)

세모잽이 매밀국죽은 오글박작 끓는데
그래 당신은 어디를 갈라고 신발끈 고쳐 매나
(후렴)

눈물이 앞을 가리는 코맹맹이
울음 섞인 소리로
때 없이 이는 울적한 마음을
훌훌 털어낸다고
강원도 아리랑을 흥얼거리는
하루의 시름을
밀려온 어둠에 깊숙이 묻는데

일본에 미국 폭격기가 나타나고
해군 주력 부대는 바다에 가라앉고
오키나와는 점령당하고

손 맞잡고 싸우던
독일이 연합군에 항복하면서

군수 물자에 인력마저 고갈되어
싸울 때마다 패하는 모습에
민심이 뒤숭숭하여
곧 일본이 망하고
청산리에서 일본 놈들 까부순
광복군 부대가
미군과 함께 올 것이라며

누구누구는 어떤 사람이고
아무개는 이러저러하다고
서너 사람만 모여도 수군거리며
의견이 분분한데

미국도 미국이려니와
소련의 움직임이 심상찮다는
거짓말 같지 않은 풍문이 떠돌면서
대목댁의 마음 고생은
없는 남편 탓만은 아닌 성 싶었다

3부

불벼락 치다

　1945년 8월 6일 02시 45분 원폭을 탑재한 B29 폭격기 에놀라게이가 마리아나제도의 티니안 섬을 출발하여 일본의 히로시마 상공 9,300m 지점에서 폭탄을 투하한 시간은 08:15분 15초였다. 42초 후에 지상으로부터 570m 상공에서 불벼락 쏟아내니 백만분의 1초에 폭발 지점은 섭씨 6천만 도로 뜨거워져 태양 표면 온도의 만 배나 되었다. 한 여인의 애틋한 사랑과 조선의 어머니였기에 겪는 슬픔도 산화되었다. 멀리 남양군도에서 족쇄가 풀려 달려온 원혼이 남해 백사장의 포말로 부서지며 서럽게 흐느끼고 있었다.

폭풍 전야의 정적

1
춥고 굶주린 자에게는 먹을거리를
헐벗은 이에게는
옷감 지급하는 것도 좋지만
보릿고개의 긴긴 봄에
곡식을 빌려 주고

가을 추수의 넉넉함으로
값싼 이자를 붙여
웃음으로 되돌려 받는 제도
시행하고 있는 통치자의
큰 도량이 이 땅을 휘덮을 때
진정
다스리고 다스림받는
정치의 멋을
누구나 다 안다고 할 수 있으며

크고 작은 일이 있을 때마다 내놓는
미덥지 않은 단기 대응책은

생활이 어려운 약자를
배려한다고는 하지만
미사여구의 어설픈 대책으로

당사자인 갑甲과 을乙, 을과 갑
어느 누구에게도
실질적 도움이 되지 않아

쟁점은 또 다른 쟁점을 물고 와
물결처럼 밀고 밀려오는
악순환의 파장이
또 다른 파장을 낳아
나라 전체가 혼란스러워지니

"내가 고양이 기르지 않음을
알고 있는 이 쥐새끼들아
너희가 말 달리듯 어둠 속을 내달리지만
네 이놈들
함부로 날뛰지 마라
밝는 날 아침에
고양이를 들여 놓으련다" 라는

조선 시대의 진주 출신
하항河沆의

글이 생각나는 것은

사람이 정도와 금기를 무시하고
일시적인 충동이나 욕망으로
해서는 아니 되는 일
서슴없이 행하는 것은
쥐새끼의 삶과 다를 바 없다는 것이니

언젠가는 성난 고양이를
막다른 곳에서 만나
지금까지의 언어 행동에 상응하는
응징이 있을 것임을
말없이 알려주려고 그랬을까
원폭 실은 비행기가 사이판을 지나
동북 방향의 태평양을 거슬러 오르는

1945년
8월 6일
03시

험난한 앞날을 예고하듯
바람 앞에 점점 거칠어지는
풍랑을 만난
작은 조각배마냥

달은 바닷속에서 떠오르고

가슴 깊이 원폭을 안은
폭격기 에놀라게이
엔진 소리를 자장가 삼은
대원들에게 아침은 왔으나
흰 구름에 벌건 놀이 깃들면서

서왕모의 복숭아를 훔쳐 먹고
삼천갑자를 살았다는
동방삭이도
잘못 말한 한 마디에
저승사자에게 이끌려갔듯이

사람이 살아가면서
누구에게나 한 번쯤은
뜻밖의 일이 기다리고 있으니
한 치 앞의 일
어느 누가 안다 할 수 있을까

평소와 다름없는 여느 날같이
동녘으로 떠오른 해가
구름 없는
창공을 건너느라

유난히 맑고 밝다 싶은

1945년
8월 6일
아침이다

일본의 히로시마 30만 명 시민은
한평생을 바쳐 일해 온
직장을 향하여 가고
병영으로 달려가고
병참 기지로 가는가 하면
각 지역의 전선에서 실려 온
부상병을 돌보는 병원으로 내달리고

군수품 만드는 후덥지근한 지하실
어둠침침한 불빛 그림자를 떠올리는
이지러진 표정이 각양각색이다

오래되어 털털거리는 목탄차木炭車에
실린 통조림이며
새로 만든 군복 아래
폭발물을 멀거니 올려다보는
지친 운전자 눈망울이 허공을 헤매고

햇볕에 지친 들풀들의 목마름이
장미꽃에 붉게 돋아
사위가 불구덩이로 변하고

가슴이 끓고 이글거리는
전날에 이어
방화대 구축 작업장에 모인
노약자 시민이며 학생들 머리 위로
쏟아져 내리는 햇살이
서럽도록 맑아

알 수 없는 누군가의 웃음이
금방이라도
통곡으로 다가올 것 같고

울부짖는 까마귀 소리가
강물 깊숙이 잠겨
시린 모습으로 떠오르는데

비행기의 프로펠러 소리가 허공을 헤젓고
나뭇잎 사이사이의
햇살마냥 세 개의 녹색 플러그가
빨갛게 바뀐

8월
6일
6시 41분이다

높다랗게 떠오른 9,300m의 하늘은
모든 것을 다 버렸는지
크나큰 호수마냥 텅 비어 있고

싱싱함이 넘실거리는 푸른 바다는
유유자적하게 흐르며
내일을 위한 오늘의 휴식으로
잠시 잠깐 발길을 멈추려는지
모래톱에서 숨결을 고르나 했는데

제가 가야 할 길을 뭍에 내어주고
철없는 천둥벌거숭이마냥
알몸 하얗게 드러낸 모래는
따끈따끈한 햇볕 애무로
온몸이 뜨거워져
희열의 절정에 이른 몸부림을
높은 파도로 일렁거리고 있었다

히로시마를 가로지르는 물길에
공원과 주변의 언덕이며

일렬로 늘어선
강가 버드나무의 자태에
으스대고 뽐내는
녹색 잎은 선명히 뜨고
도시와 항구 길에 건물이 드러나

한가로운 갈매기 날갯짓 사이로
수평선 너머
바닷속에서 떠오르는
아침 해를 맞느라
여유로움을 즐기는 모습으로

오가는 크고 작은 배의
뱃고동 소리만큼이나
모양새와 크기가 각기 다른
여러 개의 교량이
점점 눈앞으로 가까이 다가온다

어린아이다운 맛은 없고
곱거나 정감 돋는 모습이 아닌
꼬마둥이를 안은 에놀라게이에 앞서
원폭 투하에 필요한
도시 기상 관측에 여념이 없는
또 다른 비행기

B29 폭격기의 은색 날개와
몸통에서 쏟아내는 시린 빛이
채 스러지지 않았는데

공습 경보와 해제 사이렌을
간밤 내내 울려대느라
몸과 마음이 지친 듯
오늘따라 이상스러울 정도로

적기 출현을 알리는
다급한 소리가
상당 시간이 지나도록 들리지 않는

07시
30분

여러 사람이 모이는 작업장은
일을 시작하기 전의
관습처럼
나이 지긋한 작업 반장의
오늘 작업에 대한 설명을 듣고
스산스런 마음 진정용
담배 한 대를 피우러

가로수 그늘 아래 아무렇게나 퍽석
삼삼오오 주저앉아
이런저런 이야기를 나누는데

건강에 먹고사는 이야기가
뒷전으로 밀려난
힘들고 어려운 눈앞의 현실에

마음이 썩 내키지 않는 이런 일
언제까지 해야 하는 거야
비행기만 몇 번 지나갔을 뿐
그 잘났다는
양키들의 모습은 고사하고
코빼기 한 번 보이지도 않잖아

고쿠라며 나가사키는 공습으로
큰 피해가 있었지만
여긴 그런 일이 한 번도 없었지
놈들이 우릴
무섭게 본 것이 분명한데도
왜 이리 급히 서두르는 것인지
알 수 없단 말이야

천황 폐하의 군대인
2군 사령부 산하 용맹무쌍한 황군皇軍
4만 5천 명이 있으니
아무려면
그럴 만도 하지
어느 놈이 온다 해도
전원 옥쇄할 각오로 싸워야지

1894년
조선 땅에서 일어난
우리와 청나라 사이에 전쟁이 있은 이후
우리 일본 민족의 기상을
걔네들은 너무나 잘 알고 있지

물러남이 없는 무적 강병의 황군은
싸웠다 하면 이기고
만나면 쳐부수어
이웃 조선
동학란을 진압하였으며
중국은 물론
대만과 필리핀을 점령하고
태평양 건너 멀리
남양군도의 섬나라까지 진출했잖아

그나저나 아침은 먹은 거야
궁금증을 이기지 못하는
누군가 묻는 말이다

먹을 게 있어야 먹고 나오지
물건 파는 곳이 없어요
그 많던 식료품 가게
모두가 문을 닫고 말았어요
불만 섞인 말을 주고받다가

멀리 떠가는 흰 구름을 무심히 쳐다보며
허리띠
단단히 졸라매고
양지쪽의 회오리바람이듯
한숨 길게 내뿜고는

일하기 전부터 배가 고프다면서
어쩌면 마지막일지 모를
담배 한 모금
깊숙이 들이 마시고
하늘을 향하여 하얗게 흩뿌리는

담배연기 사이 매미 소리 따라
예서제서 더불어 울려

잠시 잠깐이나마 이야기가 멈추나 했는데

65세의 다나카 얼굴에
검은 그림자가
알 듯 모르게 스쳐서 지나간다

하루를 시작하는 작업 반장 다케시마의
손과 발짓에
나무로 지은 집
기둥에 얽어맬 밧줄 길게 늘어뜨려
약한 곳을 확인하는
최종 점검이 끝났다는 듯
흩어진 사람을 불러 모으는

08시

묵직한 소리로 가까이 다가오는
비행기 소리를 저 멀리 올려다본
하늘에는
아무것 없고
제일 유난스러웠던
라디오 방송에
공습 경보 사이렌마저 울리지 않아
적막감이 짙게 맴도는

뜻하지 아니한 여유 시간이다

2
하늘의 그물이 넓고 넓어서
성긴 듯하지만
결코
어느 것 하나 빼놓지 않으므로
이후로는 잘못하지 말자는 것이니

서로가 내로라하는 백가쟁명百家爭鳴의
중국 춘추전국시대 때인
초나라 사람 노자老子는

상식적인 인의 도덕에 구애받지 말고
만물의 근원인
도道를 좇아 살라고
무위자연을 이야기한 것으로
인간의 법에 구멍이 있을지언정
천리天理에는
결코 없음을 강조하심이니
잘못을 저지른 순간부터
법망에 걸려 있어
자신이나 후대에 꼭 받음을
강조한 것으로

지나친 예의禮儀를 앞세우지 말고
작은 지혜로
주위를 다스리려 하기보다는
스스로 꾸밈 없는 행위의 주체가 되어
아무것도 생각지 말라는 것이니

산은 산으로 깊어야
나무와 풀
동식물이 살아갈 수 있고
들은 들로
멀고 아득하여야
들꽃이 들꽃으로 피어
한 세상을 마치는 이치로서

소나 말은 짐을 실어 나르거나
등에 사람을 얹어
먼 길을 떠나고

닭은 울음으로 새벽을 알리고
고양이는 쥐를 쫓아
재빨리 달려가며
주인에게 위험을 알리려 짖는 것은
빠르고 영리한 개의 몫이니

만물의 영장인 인간으로부터
말 못 하는
동물에 이르기까지
각자가 하여야 할 일이
이미 정해져 있음에도 불구하고

어우러져 살아가는 사회에서
인간의 도리를 잊고
모두로부터 지탄을 받는
사리사욕 채우기에 급급한
사람을 일컬어
쥐새끼 같다 했으나
이를 깨닫지 못하는 일이 다반사라서

마침내 보다 못한 하느님이
천도天道 있음을
분명히 알려주려는 듯
사정을 보아주지 않는 응징이
뒤따라 있으려나 보다

"중 저고도와 4,500미터의 고도 위치
구름 지역은 10분의 2
폭격 제안함"

길고도 짧은 메시지의 도착 즉시다

"폭격 목표 히로시마"
티비츠의 짧은 명령 시간은

1945년
8월 6일
07시 30분

사람은 코앞의 일을 모른다지만
히로시마의 공습 경보 해제 사이렌은
간밤의 긴장을
하품으로 쏟아내듯
긴 여운을 뽐내며 울리고

시민들은 아무 일 아니라는 듯
각자의 직장을 향하여 다투듯 달려가고
방화 도로를 만드는 사람들이 모이지만

사이판에서 다섯 시간을 넘게 날아오느라
오랜 시간을 기다려 온 긴장된 소리로
누군가가 외친

현재 시각 08시 13분

표적 발견함
폭탄 투하 2분 전

오타 강이 둘로 갈리는 T자형 다리에서
에놀라게이 B29 폭격기가
16㎞ 앞에 있음을 모르는
15살 다에코는

아버지, 어머니가 저를 낳아 기르며
꿈을 갖게 한
나무로 지은 양철지붕 집을
제 손으로 무너뜨린 날
꿈이며 희망 모두가
후들거리는 두 다리 사이로
빠져나감을 느꼈지만

어찌할 수 없음을 알고
자포자기 심정에
아쉽고 서운한 마음을 다스려

어머니에게 싫은 내색 한 번 보이지 않고
어린아이의 재롱으로 웃기다가
20㎞ 떨어져
교통이 불편한 시 외곽 지역으로 옮겨

살면서부터
마음이 편안해져
공부를 열심히 하면서

먼 전선의 아버지며
세파와 싸우면서 살아가느라
크고 작은 일이며
이웃과의 힘든 관계 등을
내색치 않는
어머니의 속 깊은 마음 씀씀이를
이제야 읽은 다에코는
싫은 표정을
얼굴에 짓지 않고

유난히도 밝고 맑은 햇살이
스며드는 창살을 보며
짓는 웃음에 따라 웃던 어머니는
딸이 사랑스럽다는 잔잔한 미소를
입가에 머금고는

누워 있어라
빨리 몸이 나아야지 라고
걱정을 앞세우지만
제 언니보다

더 예쁘고 다정다감한 심성에

매사가 긍정적이고 진취적이라서
힘든 일 여부를 따지지 않고
어느 것이 되었든
네 탓 아닌
내 탓으로 돌려 생각하고

방화대 구축 작업장이 지나는 곳에 있던
학교조차 헐려 없는데도
시간이 허락하는 대로
많은 책을 얻어 보며
열심히 공부하고 있었다

내 나라 아닌 멀리 있는 이국땅으로
출정한 아버지와
밀려오는 부상병을 본 뒤부터는
내가 할 일은
바로 이것이다 하면서
종군 간호사로 참전하겠다는
당찬 포부가
대견스러운 어머니는
흐뭇한 웃음으로 딸을 대하는데

사흘 전
고된 일에 따른 체력의 소모로
식은땀이 온몸을 적셔
헛소리하는 다에코에게
의사는 며칠 쉬라고 만류했지만
누워 있는 게 오히려 해롭다며
나라가 어려울 때일수록
앞장서야 한다는
대일본제국의 신민이 된 자부심과

잊지 않는 책임과 의무감으로
훌훌 털고 일어나
옷매무시를 단정히 하면서
섬돌 위의 신발을 신고
건강을 위한 아침 산책을 즐기려
마당 지나
대문을 열고 예닐곱 발이나 걸었을까

내일쯤에는
다시
작업장에 가리라 다짐하는 순간

요란한 비행 음으로 시내의 상공을 맴도는
폭격기 B29를 발견하고는

황급히 집으로 뛰어든 시각은

1945년
8월 6일
08시 13분

에놀라게이가
폭격 목표물을 발견하고
원폭을 투하하기 2분 전이었다

비몽사몽간에

1
높은 곳에서 아래로, 아래로 흘러내리며
한 방울 두 방울이 합치고 모인
빗물이
개울 되고
하천으로 흐르다가
내를 이루고
강되어 바다로 가면서도

물로 지나치는 곳곳마다
풀뿌리 나무뿌리를 촉촉이 어루만져
연초록색 새움을 틔우고
꽃 피워
가지나 줄기마다 열매 맺게 하여
풍요로움을 안겨주는 물은

많은 양을 일시에 쏟기보다는
이용하고자 하는 자와
생물의

필요에 의하여
강약을 조절할 수 있다면
얼마나 좋을까 하는
아쉬움의 시간은 흘러가고

원폭 투하
90초 전이다

사위가 숨 막히는 정적에 휩싸이는
폭격기 B29 에놀라게이의
좁디좁은 공간이다
열두 쌍의 눈동자 아래에는
올망졸망한 집들이 모여 있고

연기가 비둘기 날개에 얹혀 가며
하얗게 피워 올린 평화에
나무잎사귀가 흔들려
갈라 놓은 햇살을
눈부시게 고루 펴는
바람이 이마를 스쳐 지나고
하늘은 깊은 호수이듯 푸르렀다

책임 조종사인 티비츠는
부조종사에게 조종간을 넘기고

내려다본 저 멀리

그제와 어제 그 전전날처럼
매미 소리가 더위를 풀어헤치는
일상적인 생활이 펼쳐지고
힘찬 하루를 열어가는 발길이 부산한

투하 50초 전이다

눈 보호용으로 특수 제작된
색깔 있는 안경을 쓴
긴장한 표정의 대원들이
괜히 신발 끈
풀었다 조이고 조였다 풀며

카메라를 설치하는 사이로
낌새 느꼈음인지
산과 들은 숨을 죽이고

저쪽 멀리에 있는 선 하나의 수평선과
지평선을 아우르는
하늘이 두리둥실 둥글어도
긴장으로 굳은
모두의 얼굴 근육에

창문으로 들어온
햇살이 방긋 웃으며 어루만져 주는

투하 30초 전이다

상승 기류를 만난 에놀라게이는
몇 번이나
쿵 하고
주저앉았다가
솟구치기를 반복하면서

내려다보이는 목표물을 향하여
폭탄 탑재실
문이 열린 곳으로
햇살이 쏟아져 들어온다

2
부모와 자식, 형제자매 사이에는
천륜天倫이라는
보이지 않는 끈이 메어져 있어
누구를 막론하고
끊으려 해도 끊을 수 없지만

돌아누우면 남이라는 부부 사이는

어렵고 험한 일이
가로막아서도
마주보고 웃으면 그만이라서
칼로 물 베기라 했듯이

기쁜 일이나 슬픈 일에
웃지 못할 사연들이
살면서 더러는 있다 하여도

서로를 감싸 안아 주고 다독여 주는
위로와 격려의 말 한 마디를
아끼지 않는 사이인 줄
떠나고 없는 이제야 생각하면서
그리움이 더욱 절실하다고
예부터 말해 왔지만

자기 곁이 싫다고 떠난 후의 춘풍추우
지나가기가 어언 10번
꿈에서마저 모습을 보이지 않던
남편이
뜬금없이 찾아온
새벽녘 베갯머리에서다

　　아이고, 이 불쌍한 사람아

전생의 업으로
내 이곳에 와 있으나
이승과 저승이 다르다 하여도
한시인들
어찌
당신을 잊었을까
아이고, 불쌍한 사람
지지리도 복이 없는 사람아

오랜만에 쓰다듬는 이마의 손길이
너무
차가워
섬쩍지근한 마음에
후닥닥 자리에서 일어난 이후
뜬눈으로 지새우다가

자기도 모르게
잠시 눈 붙인 사이에
대목댁을 부르며

　　여보, 봉수 엄마, 빨리 일어나
　　자고 있을 때가 아니야

다급히 놀라 외치는 남편 목소리에

화들짝 놀라 깬
대목댁의 귓전에는 이른 새벽의
애들 아빠
목소리가 뱅뱅 맴돌면서
퍼뜩하며 정신이 새로워지는데

싱숭생숭한 마음을 달래려
울안 잡초를 뽑다가
지친
비몽사몽간인

8시
15분
02초

세상을 놀라게 할 불꽃 스위치를
망설임 없이 올리고
울리는 경고음이 주위를 흔들 때

곱게 핀 봉선화가 저 너머로 보이며
눈가를 스쳐 지나치는
여러 모양이
꿈인지 생시인지 기연가미연가하면서
잠이 덜 깬 대목댁 귀에

어멈아, 어쩌면 좋냐, 소리에
눈을 들어 바라보니
달려오는 시부모님이다
어멈아
네가 이런 일을 당하다니
안 되는데
이를 어쩔거나, 어쩔거나 하면서
대성통곡하신다

용수철에서 튕겨져 오르듯
어마지두에 깜짝 놀라
벌떡 일어나서
더듬어 보니
얼굴이며 온몸이 땀투성이다

홑적삼에
삼베 속곳이 흥건히 젖었으나
이미 정하여진 시간은
찾아올 뿐
피할 길은 없다

08시
15분

15초

길이 3.1m
폭 74㎝
무게 4,360kg의
원자폭탄에 연결된
고리 하나가
제풀에 풀어지는가 했는데

9,300m 아래에서
마중하는 히로시마를 향하여
주저 없이 곤두박질쳐 가는
사이로

'투하 완료'의 외침 소리가

맑고 푸르고 넓고 공활한 허공을
깜짝 놀라도록
코발트색으로 푸르게 적시고

다른 B29 한 대는
각종 촬영과 효과 측정용
지름 1m 내외의
알루미늄 통 3개를

낙하산에 매달아 떨어뜨리고
죽을힘을 다하여
시속 500km로
남쪽 저 멀리 사라져 가는데

꼬마둥이가 복장을 열고 터질 때까지
남은 시간은

단 42초

　　대못 박히듯 아픈 가슴에
　　뒹구는 대목댁은
　　자기도 모르게 터져 나온 소리인
　　"안 돼"
　　안 돼는
　　목젖 너머로 자지러지고
　　또 한 차례 쏟는

　　이마의 땀에
　　서늘바람이 이는데

　　애야, 아가
　　아가야, 정신 차려
　　정신차려 하면서

달려오는 두 분이 있으니
친정엄마와 아빠다

"엄마, 내가 왜 이래
아버지, 저 좀 붙잡아 주세요"
절박한 외침은
메아리 없는 공허뿐

폭발 38초 전이다

작으나 보기가 흉하도록 무서운
원자폭탄을 버린 비행기가
충격으로 인한 거친 몸부림으로
심하게 흔들리는 몸 추슬러
재빨리 도망치는 저 아래의

T자형 다리에는 전차가 지나가고
햇살 되쏘아 올리는 강물에
일터로 향하는 시민들이 보이면서
떨어져 내리는 꼬마둥이의 시계는
연쇄작용의 시작인
첫 단계를 향하여
재깍거리기 시작했다

오! 하느님, 땅님
조왕신님
장독지신님
멀리
더 멀리
날아가게 해 주세요

여보, 무엇 하는 거예요
저것
재빠르게 내려오는
쇳덩이 저것이
우리 아이들 머리 위에
떨어지지 않도록
쫓아 줘요

저쪽, 저쪽
머−얼−리
제발 사라져 다오 하는
피 말리는 갈구의
보람도 없이

폭발 29초 전이다

어린 학생들은

공습으로부터의 도시를 막아낼
유일한 방법이라며
공부를 팽개치고 시작한
방화대 설치 작업에 들어가고

햇살이 눈부신 하늘에선
은색 측정기에 매단 낙하산이
춤추듯
너울너울
가볍게 내려오는데

누군가는 미군 비행기가
황군이 쏘아 올린 총탄에 의하여
추락하는 것이라고
손뼉 치며
지르는 환호성에

고도 2,100m에서
폭발신호가 닫히도록 된
2단계로 넘어가고

　　우리 아들딸들 좀 살려 줘
　　어린 것들에게
　　무슨 잘못이 있다고

아이고,
하느님, 부처님, 예수님
이게 무슨 날벼락 입니까

아아,
아버지 어머니 모시며
형제 간에 우애하고
열심히 살아 왔을 뿐인데
제가 전생에 지은 죄가
얼마나 크고 무겁기에
이런 일 겪어야 하나요
제발 좀 도와 주세요 하는 애원에

애야, 어멈아
이승과 저승이 엄연하니
어찌하는 수 없구나
이미 하늘에서
정해진 일이란다, 어멈아
하는 소리가 들려오고

폭발 17초 전이다

비단 째는 소리로

돌이킬 수 없다는 듯 급강하하는
꼬마둥이가
지상으로 떨어져 내리는
바로 그때다

온몸에 기운이 빠진 대목 댁은
젖 먹던 힘까지
있는 대로 다 뽑아 올려

언제 그랬느냐는 듯
벌떡 일어서며 팔다리를 세웠다
체면에 염치 따위는 이제
차릴 때가 아니다

여자는
이미 멀리 가고 없었다

오직 하나 남은 모정母情은

두 손 벌려 걷어올린 치마로
하늘을 감싸 안으며
박살을 내든 천살을 내든
죄 많은 여인인 여기 내 몸으로
받아 주려니

오려면 주저 없이 나에게 와다오
제발

제발이지
그렇게만 하여다오
여기 넓게 벌린 이 치마에
다 받아 안고가려니
제발 이리 와다오 하는데

녹아내린
뱃속
애간장의 핏물이
속곳에 중의를 물들이고
끓는 해보다 더 뜨거운
불덩이
한 아름을
벌겋게 쏟아내는 시각은

폭발 9초 전이다

대기를 찢어발기는 소리로
2,100m의 고도를 지나고

마지막 단계로
그간의 근심걱정을 말끔히 털어내는
가벼운 몸짓으로 날아가는
에놀라게이가
지상과는 1분당
11km로
정신없이 멀어지고 있었다

폭발 6초 전이다

초속 341m
시속 1,200km
경고음의
귀 찢는 듯하는 외침을
듣는지 못 듣는지
거품을 하얗게 빼문 대목댁
눈동자가 초점을 잃으며

우여 우여 윗녘 샐랑 울로 가고
아랫녘 샐랑 알로 가고
두름박 딱딱 후여
우여 우여
아랫녘새 웃녘새
천지고불 녹두새야

우리 논에 들지 말고
저 건너 장재집 논에 가 들어라

우여!
우여!
우여!
하여 보지만

마지막의 절망을 알리는 꿍 소리를
미처
입안에서 내뱉지 못하고
힘이란 힘이 온몸에서
모두 빠져나간
사지를
축 늘어뜨리고 만다

폭발 3초 전이다

연쇄 작용의 마지막 스위치가
아무 일이 아니라는 듯 닫혔다
신호가
빨간 플러그를 지나
달려간 뇌관 쪽
코다이트의 화약을 건드렸다

순간
표지판으로 튀는 우라늄
235 발사체는
한 푼의 오차 없이 표적판에 박혔다

B29 에놀라게이가 똥을 누듯
버린 원폭이
불벼락을 쏟으려 하는데

어제처럼 오늘도 하늘은 푸르고
들녘을 초록으로
출렁이게 하는 바람이
대목댁 이마를
거칠게 쓰다듬어 흔들어도
알아차리지 못하고
끊길 듯 이어지는 가느다란 숨결이
한을 뿜어내듯
서릿발로 주위에 흩어지며

　　자장자장 자장가에
　　　　우리 아기 잘도 잔다

　　금자동아 옥자동아

수명장수 부귀동아
금을 주고 너를 사랴
　　옥을 준들 너를 주랴
부모님께 효자동이
　　일가친척 화목동이
형제간에 우애동이
　　동네방네 유신동이
나라에는 충성동이
　　태산같이 굳세거라

갓난아기적의 등에 업은
귀염둥이 어르던
자장가에 목이 멘다

3
하느님은 빛을 창조하여 시간을 이루고
하늘땅을 만든 공간에
삼라만상을 창조하신 이후에
사람을 만드시고는

나름대로 생각하고 살면 그게 행복이고
남과 비교하며 산다면
언제나 불행한 삶
살기 마련이니

소소한 일에서 기쁨을 찾는
그것이 곧
행복 찾는 지름길로
자연과 더불어
느림의 삶을 살아가라 하였으니

지구상에 처음 나타난 사람인 아담은
하느님이 보여주신
사물 하나하나를 유심히 살펴서
부르게 된
이름을 욕되게 하거나
아름답고 훌륭하게 하는 것 또한
사람의 몫이니

광명천지의 세상만사를
눈감고 아옹 하는 식으로
돈과 권력
음흉한 마음의 거짓과 속임수로
순간순간을 모면하려 한다면

후세에까지 영원히 이름이 더럽혀지니
생각과 생각을 곱씹으면서
삼가고 또 삼가 하여
이룰 수 없는 꿈은

애당초에 꾸지 말고

이길 수 없는 적과 싸우지 말며
이룰 수 없는 사랑은 하지 말고
견딜 수 없는 고통을 견디려 하지 말고

뜬구름 밖에 있는 하늘의 별을 잡으려는
헛된 생각일랑 하지 말아야
후세에 이름이
아름답게 기록될 것임을
알려주려는 의도를 재삼 강조하려는 듯

분리된 중성자의 끝없는 확장으로
뿜어내는 에너지가 드디어
터졌다
울화가 가득이 쌓인
지상으로부터 570m 상공 복장腹臟에서

찰나를 넘는 백만분의 1초 사이에
폭발 지점은
섭씨 6천 만도다
어느 누가 감히
짐작이나 할 수 있었을까
말로 형용할 수 없는 그 뜨거움이

태양 표면 온도의 1만 배라는 것을

백만분의 1.5초 후에는
5천만 도
불덩어리의 지름은 1m

백만분의 2초 후에는
3천만 도
불덩이의 지름이 13m 내외다

신의 조화이듯 열에서 뿜는
빛, 빛, 빛이
눈부시게 황홀토록 아름다운
녹, 청, 홍, 금색 불꽃 물결이
사람들이 사는 도시 전체로 뻗어가면서

이 고샅 저 골목의 높고 낮은 건물에
이유를 모르고 달음질치던 사람과
앞만 보고 바삐 걷던 사람
넋을 빼앗긴 듯 멍하니
서서 구경하던 사람
잠에서 아직 깨어나지 못한 사람
구경하려 서 있던 사람 모두
찰나의 순간에

숯덩이로 된 자가 수수만 명이다

원자폭탄 투하 후의 30분 이내
추정 사망자는
7만 명

투하 지점의
사방 반경 3km 이내에
세워져 있던 목조 건물과
3백m 이내의 콘크리트 건물이며
2백m 이내에 있던 지하 구조물은
흔적조차 남기지 않고
모조리 파괴되었으며

제 모습을 찾아볼 수 없는
33km²
안쪽
모든 것이 한순간에 잿더미였다
집과 사무실
공원의 아이들 놀이터
화려했던 대형 상점
한 잔 술에 비틀거리던
길거리도 알아볼 수 없었다

어떤 일이 일어나고 있었는지
내가 누구인지 하는
감각에
의식마저 없이
놀란 혼백은
구천九天을 헤매듯 갈 길을 잃고
수많은 놀란 혼이 어지러이 흩어져
여기저기 정처 없이 헤매는
젊은이와 노인

남녀노소를 구분할 수 없을 정도로
모습이 변한 사람들이
타 버린 살점으로
기움질한 것 같은 누더기를
온몸에 걸치고 있었다

수천수만의 인명을
까만 숯덩이로 만든 구름이
청, 황, 녹, 홍색에
안방 창문을 가린 휘장의
아름답고 황홀한 분홍색으로
색깔을 자주 바꾸어 가면서
하늘 땅이
한 일一자로 맞닿은 지평선을 삼키고

하늘을 뚫고 오르려는 버섯 모양

불기둥이 불끈 솟아오르면서
형용사들마저
표현할 언어가 생각나지 않아
입은 납덩이로 변했고
주위는 정적에 덮이고 있었다

내장이 밖으로 튀어져 나온 사람에
허파가 보이는 사람들이
무표정으로
떼지어 다니고
옷은 아예 없어져
팔다리가 까맣게 타고
눈알이 튀어져 나온 사람에

코나 머리칼 모두가 타버려
누가 누구인지 모르는
사람을 애절하게 찾고 부르는 외침이
대기 속에서
길을 잃어
한 발자국이 멀어지고
기억은 희미해져 가고 있었다

아리랑 아리랑 아라리요

1
타향에서 만난 고향 까마귀가
무척 반갑다는데
못 잊어하던 사람들이
남의 나라 일본 땅에서 만났으니
애틋한 마음이 어쩔까 싶어도

전쟁으로 인한 심신의 상처가 깊은
그 심회야 말할 나위가 없어
다른 사람들보다
늦지 않게 일찍 산에 들어가
일단은 더위 피하고
오염 없이 자라
곱고 깨끗하여 좋은 먹을거리

더 많이 구해야 봉수 오빠에게
즐거움을 줄 수 있다는
설레는 가슴을 안고
동녘 바람에 밀린 몇 점 솜털구름을

황홀한 보랏빛으로
곱게 물들이는 햇살이
널리 퍼지기 전의 이른 아침에
어둠을 몰아내는 새소리가
하얗게 되어 밀려오는 방안이다

녹음 짙은 산에서 하루를 보내겠다며
간단히 아침을 들고
얇은 여름옷에 바지를 걸친
홀가분한 차림으로 먼 숲을 향하여
중고 자전거에 몸을 싣고
두어 시간이나
달렸다 싶을 즈음이다

멀지 않은 등 뒤쪽 가까운 하늘에서
급한 걸음으로 달려오는
비행음飛行音이 들리는가 싶은
눈 깜짝할
찰나의 시간이 지나쳐 가면서

높은 하늘이 떨어져 내리고
땅덩이가 갈라지는 소리에
놀란 망막을 파고드는
여러 가지 색깔의 불빛이

번쩍번쩍

순간적으로 스쳐서 지나가는
그리 멀지 않은 저쪽에서
천둥번개가 일어나나 싶었는데
귓불이 찢어지라는 듯
꽝 하고 울리는 요란한 굉음에
형형색색의 빛깔이
펼쳐지고 뻗치는 사이로

보거나 들은 일이 없는 버섯구름이
불꽃으로 벌겋게 피어
솟구쳐 오르고 있음을 보면서
어마지두에
놀란 심장을 부둥켜안고
자신도 모르게 자전거를 굴려
40리는 됨직한 길을 되돌아

시내 중심으로 왔을 때에는
어디라 없이
아무렇게나 널브러진 시체에
발걸음을 옮겨 다니기가 어렵고
한 곳에
오래 머물 수 없었다

이리저리 헤치며 나아가다가
밟거나 걸려 넘어지면서
눈을 크게 떠 주위를 휘둘러보며

길과 길로 이어져 있던 거리거리를
찾아 헤매었으나
봉수의 모습은
어디에도 보이지 않고
흔적마저 찾을 수 없었다

남은 열기가 태우는 연기에
되돌아오기는 어렵고
나아가기는 더욱 힘이 들어
꽉꽉 숨이 막힘을 견디며
넋 놓고 내려다본 저쪽이다

놀러 나온 아이들이 먹다 버린
철판 위
녹다 만 초콜릿에
끓는 아스팔트 온도는
인간의 정상 체온을 넘어선 41도

주위의 뜨거움에 물이 없어
집히는 무어든 붙잡고

막무가내로 두들기며
달라고
물 달라고
제발 물 좀 달라고
아우성치고 있었다
잃어버린 엄마를 찾는 아이의
가녀린 울음 소리가 이따금씩 들렸다

온몸이 까맣게 타버린 사람
뒤틀리고 뒤집혀 일어날 수 없어
길바닥에 누워 있는 사람
강물에 얹혀 떠내려가는 사람
헤치고 밀어내며
봉수 있는 병원을 찾으려
강물을 건너는 눈앞엔
도저히
사람이라 할 수 없는 모습에서

목마름에 허덕이고
아픔의 고통으로 신음하고
누군가의 부축이 필요해
아무것이나 붙잡고
방향 감각에
의식을 잃고 헤매고 있을

봉수의 모습이 어른거렸다

원폭 폭발로 방출된 뜨거움에
물체는 모두 소실되고
남은 일부가 녹아 흘러내리며
숨 쉬고 살아야 할 산소마저
타버리고 나서

계속 가열된 공기에
타지 않은 기체 상승의
공간을 메우는 산소의 팽창에 따라
쉼 없이 일어나는
회오리바람으로
건물 모두가 무너져 내리면서
일어나고 날리는 먼지에
앞이 보이지 않았으나
어디선가 들리는 귀에 익은 소리다

　야야, 쓰러지면 안 돼
　약해지지 마
　어서 빨리 일어나
　이 세상 누가 뭐라 해도
　너는 내 딸이야, 하는

엄마 소리에 힘을 얻어
눈앞이 가물거리는
기력과 정신 기운을 다잡아
언덕 위로 간신히 기어오른 뒤
한 시쯤 지나서였다

하늘이 갑자기 검게 어두워지며
겹치고 겹친 먹구름이
원폭으로 산화하여
놀라 떠도는 영혼의 눈물인 양
동이 물로 퍼붓듯
쏟아낸
100mm의 검은 빗물을

타는 목마름으로 꿀컥꿀컥 받아 마신
많은 사람은 너나없이
오장육부의 내장이 삭아져 내리며

아이고, 아이고, 배야
날 좀 죽여 줘
제발이지
죽여 주라면서
몸부림치며 외치고 있었다

활짝 핀 버섯구름이 별빛 가리어
더 이상
찾을 수 없는 때가 되어도
시간이 지날수록 그리움이 더하여
찾는 봉수는 보이지 않았고

울컥울컥 토하거나
대변에 피가 섞여 나온 시체가
계속 늘어나면서
누가 누구인가를 구분하기가 어렵고
녹지 않은 것이 없는 오리五里 이내

죽은 자와
산 자의
흐느끼는 통곡이
누군가의 품에 안기지 못하고
돌개바람으로 치솟아 올라

시오리 이내의 생명체를 사르고
30리 이내
건물을 주저앉히며
바늘의 내달림이 멈춘 시계에
사람 그림자가 벽 속 깊숙이 박혔다

흩어질 줄 모르고 피어오르는 먼지에
핵분열 물질이
계속하여
하늘로, 하늘로 오르면서

엎질러진 우유를 보고 울어 봐야
아무 소용이 없다는 말같이
하얗게 말라
종잇장같이 가볍게 납작해져 버린
조금 전의 생명체다

옅은 숨을 겨우 몰아쉬고는 있었으나
검은 물줄기로 흘러내리는
오장육부며
찢긴 피부의 상처는
계속 부풀어 오르고
깊어져 가는
하룻밤이 지나면서
검은 비가 온 다음날 아침이다

어디쯤의 먼 곳에서 날아왔는지
강물 위 주검에
이승의 저쪽에서 온 저승사자처럼
까맣게 내려앉은 까마귀 떼가

웅성웅성 웅성거리며
저희끼리 깍깍 외치는 사이로

조선 사람이라면 누구나 즐겨 입는
하얀 무명베의 중의적삼과
치마와 저고리
각 한 벌이
앞서서 이끌어가는 강물 가운데다

무지갯빛 다섯 색깔이 선명한 고깔에
소매를 길게 늘어뜨린 세모시의
흰 적삼과
잠자리 날개 같은
옥색 치마를 곱게 곁들여 입고

흘러서 가느라 출렁 출렁이는
높고 낮은 장단 따라
하늘을 날아가는 우아한 학춤으로
이리저리 너울너울
사방을 휘돌며 노저어 가는데

아리랑 아리랑 아리리요
아리랑 고개로 넘어간다
나를 버리고 가시는 임은

십 리도 못 가서 발병 난다

아리랑 아리랑 아라리요
아리랑 고개로 넘어간다
청천 하늘엔 잔별도 많고
요 내 가슴엔 수심도 많다, 라는
조선 민요 아리랑이

저 멀리 있는 높은 하늘가의 어디에선가
선인仙人이 있어
튕기는 여섯 줄 거문고에
온몸이 아리도록 슬픔이 저며 오면서
청아하게 울리고
파랗게 출렁이는 바다 빛 사이의
백조 하얀 날갯짓에
따스하게 햇살은 퍼지고 있었다

법과 도덕 관습을 지켜
돈 아껴 쓰면
재물 손상이 없고
정신 건강이 좋아져
백성을 해치지 않는다 했으나

조선 말기의 부정부패로

대한제국이 망하여
일본에 주권을 앗긴 이후의 백성들은
학도병이다, 징용이다
하면서 끌려간
몇백만 명인지 그 숫자를 모르는
조선인의 영혼들은 족쇄의 사슬이 풀려

비로소 얻은 자유의 몸으로
손과 손을 맞잡아 앞서거니 뒤서거니
선조님들의 지난 발자취를 더듬으니

기원전 3898년의 거발환居發桓이
태백산의 신시神市
신단수神檀樹 아래에서 나라를 세우고
배달국倍達國이라 한 후의
18대 거불환居弗桓 때인

기원전 2333년戊辰年
시월
초사흗날

단군왕검이 천제의 아들로 추대되어
중국의 송화 강가
아사달阿斯達에 나라를 열어

국호를 조선朝鮮이라 명명하면서
다스린 지역은

요순堯舜의 숨결이 아직 남아 있는
황하 양자강 유역과
북만주를 아우른 진한辰韓과

삼족오三足鳥의 깃발이
시방도 훨훨 나부끼는 것 같은
중국 동부의 변한弁韓에

한반도와 일본
만주의 동남방인
마한馬韓을 포함하여 삼한三韓이라 했다

백두산 천지 아래 잠든 듯 누워 있는
말없는 무문토기에
꾸밈이 없는 투박한 질그릇과
오묘한 푸른색의 청자며
검소함의 백자
고운 자태를
쓰다듬고 또 쓰다듬어
지난날 선조님들의 온기를 느껴 보고

장군봉에 높이 올라
한반도의 처마라 일컫는
큰 바윗덩이로 높다랗게 자리한
개마고원
고즈넉이 내려다보다가

금강산의 구룡폭포와 상팔담에
옥류동 물로 가슴을 적셔
앙앙불락의
지난날들을 흘려 보내고는
쓰리고 아픈 상처를 씻어 내렸다

굽이굽이의 만물상을 가슴에 담고
해금강에 이르러
설악산 둘러보고
단군임금이 산신령인 구월산에
한양을 내려다보는 관악산
경복궁 뒤의 북악산 지나
경상도와 전라도에 걸쳐 있는
지리산 천왕봉에 잠시
지친 발길 쉰 후에 다다른 곳은
삼성혈 백록담의 한라산이다

2

늙어서 좋은 사람과 같이하고 싶었는데
밤마다 꿈으로 찾는구려
고향에서 만나기로 약속하니
장마도 잠시 걷혀
언뜻 보니
달이 언덕에 높이 걸려 있네그려

기러기가 줄 잇듯 한 편지가 정다워
소식 주어 답장을 전하였지
봉창 아래에서 들려오는
조심스럽게 디디는 발자국 소리가
참으로 기쁘거니
이끼 낀 옛 오솔길로
어서 빨리 오시게나, 하는
성호 이익이
친구를 그리워하는 글이 있지만

숫자에 불과한 사람의 나이가
많고 적음을 가리지 않고
더듬고 만져 보고 싶은
어머니의 앞가슴
거기가 인간의 원천적 고향이기에
시도 때도 없이
어머니가 그립고 보고 싶고

달려가고픈 욕망이 일어
가리라, 나 이제 가리라

꿈에도 잊지 못하고 그리워하던
탯줄 묻은 고향 땅으로
둥실둥실 두리둥실
흘러서 가는 뱃노래를 함께 부르며
때마침 불어오는 동풍에 실려
현해탄 너머
기리고 기리던 고향 땅을
한달음에 달려가
동구 밖에 서성이는
어머니 품에 안겨 보고
불알친구와 더불어 고샅길 달려

봄볕 나른한 삼월 삼짇날에
참꽃을 꺾어
입술 벌겋게 적셔 놓고
머리며 가슴에 가득 꽂아
개울물에 두둥실 흘려 보낸 후에는

강가에서 멱 감는 여름 한낮
나른한 꿈속에서
자장가를 중얼거려 보며

펄럭이는 꿈을 좇아
저수지에서
왕잠자리를 잡다가
숨바꼭질에 가을이 오면

제기차기, 자치기, 비석치기에
소나무가 푸르게 서 있는
마을 뒷산에 올라
저 멀리
오색 꿈을 날리고픈 바람으로

마음이 앞서 가는 발길로
고향집 사립문으로 달려가는
태평양전쟁 이후로 강제 동원된
몇백만 명인지 모르는
조선 청년들에게

좋은 곳에서 일하게 하고
10년 이상
장기 거주한 자에게 농지를 준다 하고는

전시 비행장의 건설과
사탕수수 재배에 투입되고
미군과의 싸움에서

총알받이와 자살 테러로
죽어간 영혼들이
멀고 먼
남양군도에서 밀려오느라

오르내리는 어깻짓이
결코 가벼워 보이지 않았고

미친 듯 출렁
출렁이며 높아지는
파도 소리와 뒤엉키면서
서럽고 서러운 목 너머 울음이
남해 바다 해변가 백사장에
물거품으로 스러지고 또 스러지고 있었다
                              - 붓을 씻다

'꼬마둥이' 주먹 한 방에 나가떨어진
대제국의 꿈

호 병 탁(시인 · 문학평론가)

1

　서사시의 특징은 우선 절대적 과거가 주제가 되고, 개인의 경험과 그것으로 야기된 사상이 아니라 역사적 전통이 그 원천으로 사용된다. 또한 서사적 거리가 당대 현실, 즉 작가의 시대로부터 분리되는 것이라 하겠다.

　서사시는 결코 현재에 관한 시가 아니다. 오직 후세 사람들을 위해서 쓴 과거에 대한 시다. 현재 우리가 알고 있는 특수한 장르로서의 서사시는 그 시초부터가 과거에 관한 시였으며, 시에 내재하는 작가의 위치, 즉 서사시의 언어를 구사하는 사람의 실재 위치는 접근 불가능한 과거에 대해 이야기하는 사람으로서의 위치다. 이때 그의 이야기는 한 후대 사람의 관점에서 나오고, 또한 문체와 어조와 표현 방식에서도 서사시적 담론은 동시대인의 담론과는 거리가 멀다. 만약 한 사건을 작가 자신과 동시대인들의 동일한 시간과 동일한 가치의 차원에서 묘사한다면 서사시는 소설의 세계로 진입하게 된다. 소설은 미완결 상태의 당대 현실과 최대한 접촉 영역을 가지고 있기 때문이다.

이처럼 서사시적 과거는 시인과 그의 청중들이 위치하는 시대와 분리되어 있으므로 그 분리된 경계는 언제나 서사시의 형식 자체에 내재하고 있으며 서사시의 언어 속에서도 감지된다. 이 경계를 파괴하면 하나의 장르로서 서사시의 형식을 파괴하는 것이 되고, 바로 이런 이유 때문에 서사시적 과거는 절대적이고 완전해야 한다.

안평옥은 임진왜란에서 병자호란에 이르기까지 민족이 겪어야 했던 53년간의 질곡과 수난의 역사를 그려낸 장편서사시『화냥년』(계간문예, 2013)을 상재하였고, 이어 1863년 고종의 등극에서 1895년 민비의 시해까지 무너지는 조선왕조의 마지막을 그린 장편서사시『제국의 최후』(보고사, 2016)를 상재한 바 있다. 절대적이고 완전한 과거를 구성하기 위해 시인은 수많은 시간과 땀을 아끼지 않았을 것이다. 그런데 놀랍게도 1년 만에 다시『불벼락 치다』를 세상에 내놓고 있다. 우선 이런 대장편서사시를 써낸 시인의 힘찬 필력에 경의를 표한다. 또한 그동안 쏟아냈을 치열한 수고에 대해서도 문단의 일원으로 박수를 보낸다.

이 작품의 가장 큰 특징 중의 하나는 실질적 사건 진행이 '서술되는 시간'이 1945년 8월 6일 단 하루라는 점이다.

> 1945년/ 8월 6일/ 02시 45분// 둘러본 사방 주위에는/ 바닷바람이 시원스레 불어오지만/ 멀리 떨어져 있는/ 동녘하늘에/ 여명의 기미는 보이지 않고/ 수평선 저 너머로/ 졸린 눈을 깜박이고/ 사라져 가는 달빛에/ 유난히 맑아 보이는 하늘이며// 끝없이 오가다가/ 거두어 온 피안의 저쪽/ 어두운 세상사를/ 일렁이는 물결로 씻고 또 씻어/ 산호초가 아름다운 바닷가에/ 하얀 거품으로 풀어헤치면// 어디선가 가까이 다가온 바람이/ 하얗게 닦고/ 보듬어 안아다가/ 파란 바다로 돌려보내느라/ 잠시도 머물 겨를이 없는데// 느린 자연의 리듬으로 살아가는/ 삶의 행복을 터득했는지/ 깊은 잠에 빠진/ 땅덩이는 말이 없고/ 높고 공활하여 더없이 푸른/ 허공/ 환히 밝히는 샛별의 졸음을 쫓느라// 프로펠러가 굉음을 내뱉는/ 폭격기 B29/ 에놀라게이(Enola gay)의 거대한 몸체가/ 서서히 기지개를 켜다가/ 관제탑 소리에 몸을 곧추세우는// 이륙 전 15초/ 10초/ 5초/ 이륙 준비 완료/ 이륙
>
> — 1부 「태평양 넘는 꼬마둥이」 부분

위 인용문은 원폭을 투하하기 위해 B29 폭격기 '에놀

라게이'가 마리아나 군도의 티니안 섬에서 이른 새벽에 이륙하는 장면을 묘사하는 문장이다. 02시 45분이라면 동녘 하늘이 밝아 오기까지는 몇 시간이 더 지나야 하는 꼭두새벽이다. 태평양전쟁이 한참 치열하게 벌어지고 있을 때 군사 기지 활주로에서 폭격기가 이륙하는 일은 다반사다. 그러나 '꼬마둥이'를 품에 안고 출격하는 이 폭격기의 이륙은 세계사의 물꼬를 확 틀어 버리는 결정적인 사건의 시작이다. 화자는 이를 강하게 의식한 듯 이때의 날씨는 물론 주위 풍광을 기록한다.

"바닷바람이 시원스레 불"고 수평선 너머로 지는 달빛이 "유난히 맑아 보이는 하늘"이라면 아주 좋은 날씨다. 파도는 잠시도 머물 겨를이"없이 "어둔 세상사"를 거두어 "일렁이는 물결로 씻고 또 씻어" "산호초가 아름다운 바닷가에/ 하얀 거품으로 풀어 헤치"고 있다. 섬의 땅덩이는 "깊은 잠에 빠"져 "말이 없"이 누워 있다. 참으로 아름답고 평화로운 섬의 모습이다.

그러나 이 고요한 평화의 섬에서 이제 인류 최대의 참사를 벌일 B29의 거대한 몸체가 프로펠러의 굉음을 내뱉으며 "몸을 곧추 세우"고 있다. 그리고 관제탑의 지시에 따라 정확하게 02시 45분 폭격기는 이륙한다.

빛이 밝으면 그늘이 짙다. 파도가 하얀 거품으로 어두운 세상사를 끊임없이 씻어내는 평화롭기만 한 섬에서 수많은 생명과 그 터전을 파괴할 공포의 폭격기가 이륙하고 있다. 이 극명한 대조는 섬의 평화를 더 밝게 하고,

폭격기의 공포를 더 어둡게 함으로 그 간극을 최대화시키는 극석이 장치가 되고 있다.

위 인용문은 서사시 『불벼락 치다』를 제대로 독서할 수 있게 하는 여러 가지 분석틀의 지침을 내재하고 있다.

서사문학의 근원적 상황은 '어떤 화자가 일어났던 어떤 일을 청중에게 이야기하는 것'이다. 물론 '일어났던 어떤 일'은 현재가 아니라 과거의 일임을 의미한다. 즉 이야기하는 화자나 듣고 있는 청자보다 시간적으로 앞서 일어난 '서사적 과거'만을 대상으로 삼고 있다. 그런데 듣는 청자가 아니라 문자로 읽는 독자라면 작가와 독자 사이에는 또 다른 시간적 간격이 존재하게 된다. 따라서 서사문학에는 여러 시간의 층이 존재하게 마련이다. 서술 속도tempo는 이야기의 진행 속도다. 한 문장으로 몇 초나 몇 분을 서술할 수도 있고 몇 달, 몇 년을 서술할 수도 있다. 이를 '템포가 느리다' '빠르다'고 말하는 것이며 '보여준다show' '들려준다tell'고도 표현한다. 특히 속도가 아주 느린 경우는 '클로스 업close-up'이라고도 한다.

서사시 『불벼락 치다』는 무엇보다 이런 시간 문제에 대해 특별히 주목할 만한 구조를 보여주고 있다. 앞의 긴 인용문은 "1945년 8월 6일 02시 45분, 티니안 섬에서 B29 폭격기가 이륙했다"고 요약할 수 있다. 실상 이 문장 한 마디면 폭격기 이륙이라는 사건의 시작과 끝에 대한 보고는 완결이 나는 셈이다. 그렇다면 인용된 긴 문장에서 시간은 얼마나 흘러가고 있는가. B29가 프로펠러의 굉음을 내며 몸을 곧추세우고 활주로를 뜰 때까지의 단 15초다. 과연 우리는 이 15초라는 짧은 시간 안에 이 문장을 독서할 수 있을 것인가. 할 수 없다.

3

화자가 이야기를 들려주는 방법은 다양하다. 요약해서 짧게 들려줄 수도 있고 세세한 것까지 세밀하게 들려줄 수도 있다. 사건 진행과는 관계없이 풍광이나 정물을 묘사할 수도 있고 때로는 자기 나름대로의 설명과 논평을 가할 수도 있다. 따라서 화자가 서술 대상을 이야기하는 시각에 따라 서사 문장의 성격은 달라진다.

'장면 묘사scene'의 서술 대상은 '사건의 진행'이다. 요약 없이 가능한 한 자세하게 모든 것을 서술함으로써 서술 속도는 실제 사건의 진행 속도와 가깝게 되어 극단적으로는 '초 단위'까지도 서술할 수 있게 된다. 이에 반하여 '요약summary'은 말 그대로 요약하여 개략만을 서술하기 때문에 한 마디로 몇 달, 또는 몇십 년까지도 표현할 수 있다. 물론 장면 묘사나 요약 모두가 사건 진행을 서술 대상으로 한다는 점에서는 동일하다. 그러나 풍경이나 정물을 주로 서술하는 '기술description'은 시간이 흐르지 않는다. 앞의 인용문에서처럼 평화스러운 섬의 풍경은 사건의 진행이 아니기 때문에 액자 속의 그림처럼 정지되어 있는 것이며 따라서 시간은 멈추어 선다. '논평 commentary' 또한 사건에 대한 서술과는 직접적인 관계가 없는 화자의 발언이다. 기술과 마찬가지로 시간은 흐르지 않는다.

서술 대상에 의한 분류를 네 가지로 간략하게 해보았지만 이는 우리가 독서하고 있는 본 작품에 대입하여 분석을 원활하게 하기 위함이다.

이 서사시는 3개의 '부'와 각 부에 3편씩 모두 9편으로 구성되어 있다. 또한 각 작품에는 일련의 숫자로 표시되는 수많은 절이 있다.

작품은 앞 인용문에서의 B29가 출격하기까지 이전에 발생한 여러 상황을 화자가 독자에게 보고하는 형식으로 시작된다. 원폭을 만든 당시 미국의 제반 상황과 산업혁명 이후 구미의 눈부신 과학 발전 진행에 대해 설명하고, 이어 1945년 7월 16일 뉴멕시코 주의 사막에서 실행된 원폭 실험과 그 가공할 위력에 대해 자세히 알려주고 있다. 그리고 "성공적 실험을 끝마친 세 시간 뒤" 중순양함 인디애나폴리스 호는 "정감 없는 4.6미터 길이의 투박한 나무상자"를 싣고 망망대해의 태평양을 건너 마리아나제도를 향해 샌프란시스코 금문교를 빠져나간다. 마침내 8월 6일 바로 이 순양함이 도착하는 산호초 섬에서 B29 폭격기가 이륙하게 되는 것이다.

여기까지의 모든 상황은 진술주체인 화자의 설명, 해

설, 논평이다. 이는 이야기가 시작된 시점보다 앞서 일어났던 일이 끼어드는 일종의 삽입적 '역전flash back'에 해당한다. 이륙 전까지의 일을 덧붙임으로써 본 사건의 이해에 필요한 정보를 제공하고 있는 것이다. 논평은 사건 진행과는 직접적인 관계가 없는 화자의 발언이므로 서술되는 시간은 멈춘다. 물론 역전도 마찬가지다.

작품은 이어 이륙 후 15분이 지난 상공에서의 비행기 안을 묘사한다.

15분 지난/ 03:00 정각// 고도는 1,400m/ 시속 394km인 기체의 실내 기온이 /섭씨 22도를 상회하고 있을 즈음이다// 자리 잡아 가벼워진 마음에/ 이런저런 생각이 떠오르는지/ 표정이 어둡다 했는데/ 이내 털고 일어나며/ 판사님 일하러 가신다는// 우스갯소리 남기고 통로의/ 후면으로 돌아가(⋯)/ 공구 상자를 열고 재빨리 손놀림한다// 걱정에 긴장이 얹혀진 탓일까/ 땀방울이 이마에 맺히며/ 분리 탑재한/ 폭발 장약의 작은 우라늄 덩어리를/ 조심스레 조립하는 파슨스 대령이다/(⋯)/ 단 한 번도 집중력을 잃지 않고/ 마음을 한 곳에 모아/ 소요 예정 시간인/ 20분 이내에 다 마쳤으니// 03:20분이다

— 1부 「태평양 넘는 꼬마둥이」 부분

섬에서 성공적으로 이륙한 폭격기 안에서 파슨스 대령이 투하할 폭탄을 조립하는 20분간의 과정을 장면 묘사로 진술하고 있는 대목이다. 비행기의 고도와 속도, 온

도는 모두 정상으로 자리 잡았다. 대령은 "판사님 일하러 가신다"고 농담하며 후면으로 돌아가 조립을 시작한다. 비록 스스로 판사님이라고 자신을 호칭하며 우스갯소리를 하고 있지만 위 문장에는 강한 심리적 긴장이 내재하고 있다. 어찌 보면 판사님이란 말은 사실이다. 응분의 죗값을 치르게 결정을 내리는 사람이 판사라면 이제 그의 손끝에서 수많은 민족을 참담한 고난으로 빠뜨린 일본 제국의 악에 대한 심판이 결정 나기 때문이다.

우스갯소리는 했지만 인류의 역사가 바뀌는 중대한 작업을 하며 어찌 그가 걱정과 긴장을 하지 않을 수 있으랴. "쉬지 않고 반복한 실행 연습"에도 불구하고 "땀방울이 이마에 맺히며" "떨리는 손끝을" 어쩌지 못한다. 감당하기 힘든 그의 내적 긴장이 여실히 드러나고 있다. 그럼에도 그는 재빠른 손놀림으로 "단 한 번도 집중력을 잃지 않고/ 마음을 한곳에 모아" 20분의 예정 시간 내에 11단계의 조립 작업을 완수한다.

12명의 승무원이 지녀야 할 구명 조끼, 낙하산, 비상식량, 정수환淨水丸은 물론 전원이 나누어야 할 "열두 알 청산가리"의 확인도 끝났다. '청산가리'란 말이 폐부를 찌른다. 일이 잘못될 경우 그들은 스스로 목숨을 끊어야 한다는 말이다.

4

여기까지가 "세 개의 활주로 중 가장 길게 뻗은 긴 활주로에서" 비행기가 이륙하는 것을 시작으로 해서 파슨스 대령이 기내에서 투하할 폭탄의 조립을 완료하기까지의 서사 진행 과정이다. 이륙 시간 02시 45분, 15분 뒤 3시 정각 조립 시작, 20분 뒤 03시 20분 조립 완료, 사건의 진행이 여기까지 도달하는 데 정확히 35분이라는 시간이 경과되었다. 동시에 35분 동안 진행된 폭격기 이륙과 폭탄 조립이라는 단 두 사건이 40여 쪽에 달하는 1부, 1장 '태평양 넘는 꼬마둥이'의 실제적 서사 진행 전부이기도 하다. 긴 독서 시간이 흘렀지만 비행기는 아직도 공중에 떠 있다!

여기서 우리는 작품 내에서 흘러가는 시간, 즉 '서술되는 시간'과 작품 밖에서의 독서 속도, 즉 '서술 시간'이란 두 개념을 생각해볼 수가 있다. 몇십 년을 기술하고도 남는 충분한 분량을 독서했지만 사건 진행 과정에 소요된 시간은 단 35분이다. 비행기는 여전히 하늘에 떠 있을 뿐만 아니라 목적지 히로시마까지는 몇 시간을 더 날아야 한다. 이렇게 되면 작품 안에서 흐르는 시간이 독서 속도와 비슷하거나 더 짧아질 수도 있다. 나는 앞의 인용문을 15초 내에 읽어낼 수 있을 것인가 묻고 그럴 수 없다고 언급한 바 있다. 바로 이 개념을 염두에 둔 발화이자 이 작품의 특별함을 부각시키고자 하는 질문이었다.

내개의 모든 서사 작품은 '서술되는 시간'이 독자의 경험적 세계인 '서술 시간'보다 길다. 달리 말하자면 '축시 縮時'다. 그러나 이 작품은 아주 예외적이다. 앞의 인용문에서 섬의 풍광을 그리고 있는 '기술'을 보았다. 또한 화자는 비행기의 이륙 이전에 발생한 여러 상황을 역전의 형식으로 작품의 도입부에 삽입하여 독자에게 보고하고 있다. '논평'이다. 둘 다 서술되는 시간은 멈춘다. 위 인용문에서 폭탄 조립 과정을 그리고 있는 대목은 '장면 묘사'다. 이는 사건의 진행을 자세하게 묘사함으로 서술되는 시간은 실제의 사건 진행 속도와 가깝게 된다. 반면에 "15분이 지난 03:00 정각"과 같은 말은 '요약'이다. 단 한 마디로 사건의 진행은 전혀 없이 15분이 흐를 뿐이다.

이런 기술, 논평, 장면 묘사, 요약 등의 제반 장치가 그 예를 찾아보기 어려운 축시적 서사를 만들어내고, 마침내는 이 대장편서사시 전체에서 '서술되는 시간'을 1945년 8월 6일 단 하루로 만들게 되는 것이다. 이런 시간적 구성은 결코 쉬운 일이 아니다. 안평옥은 이를 성공적으로 수행하고 있다.

여기서 한 가지 더 주목할 점이 있다. 제목은 「태평양 넘는 꼬마둥이」다. 우리는 실험에 성공한 원폭이 인디애나폴리스 호에 실려 샌프란시스코를 출항하여 마리아나 군도의 티니안 섬으로, 다시 섬에서 B29에 실려 일본으로 가고 있음을 본다. 태평양을 완전히 건너고 있는 것이다. 그렇다면 태평양을 넘고 있는 '꼬마둥이'는 다름 아닌 원자폭탄이다. 하기야 69t의 거구인 B29에 비해 4.5t짜리 폭탄은 꼬마둥이에 불과하다. 그러나 이 꼬마둥이는 "티엔티 1만 톤을 폭격기 5천 대가 일시에 쏟는 것 같은/ 가공할 위력"을 가지고 있다.

꼬마둥이하면 우리는 우선 순진하고 귀여운 어린아이를 떠올린다. 강한 아이러니가 생성된다. 수많은 인명을 살상하고 재산을 파괴할 인류 최초의 '가공할 폭탄'과 '귀여운 꼬마둥이'는 상상으로도 도저히 연계가 되지 않는다. 그러나 노련한 어른 승무원 12명에 연료 2만 6천ℓ나 실은 거대한 폭격기 안에서 이 작은 폭탄은 아직 어린애 같을 뿐이다.

우리는 앞에서 파도소리 평화로운 산호초의 섬에서 인류 최대의 참사를 벌일 공포의 폭격기가 이륙하고 있는 것을 보았다. 극명한 대조다. 마찬가지로 여기에서는 수많은 생명과 그 터전을 파괴할 '원자폭탄'이 귀엽기만 한 '꼬마둥이'로 불리고 있다. 폭탄과 꼬마 역시 극명한 대조로 평화와 전쟁의 간극을 최대화시키는 효과를 생성함과 동시에 강한 아이러니가 고개를 들고 있음을 감지하게 된다.

5

지금까지 작품의 1부 1장을 집중해서 살펴보았다. 한 부의 서사 구조 전반을 자세히 독서하면 나머지 부들의 이해와 분석도 쉽게 수행할 수 있기 때문이다. 그런데 이어지는 부에서는 폭격기의 비행과 그 목적 수행의 이야기가 그대로 진행되는 것이 아니라 서사의 배경이 하늘에서 지상으로 바뀌어 그곳의 평범한 인물들이 보고 느끼는 세계가 펼쳐진다. 이에는 중요한 함의가 있다.

역사는 '분실된 조각이 많은 거대한 그림조각 맞추기'라는 말이 있다. 그만큼 빈틈이 많고 그림에 결함이 있다는 소리다. 그러나 주요한 이유는 분실로 인한 빈틈 때문이 아니라 그것이 소수의 집단에 의해 그려진 그림이기 때문이다. 그 그림은 의식적이든 무의식적이든 어떤 특정한 견해를 가진, 그리고 그 견해를 보존해야 할 가치가 있는 것으로 생각하는 사람들에 의해 결정된 것이다. 우리가 배우고 있는 역사는 사실에 기초하고 있지만 엄격히 말하자면 사실이 아니라 널리 승인된 일련의 판단들이다. 역사가는 소수의 중요한 사실은 역사적인 것으로 전환시키지만 동시에 수많은 하찮은 사실은 비역사적인 것으로 추려낸다. 루비콘 강을 수많은 사람이 건넜고, 이는 사실이지만 역사에 기록되는 것은 아니다. 오직 시저의 도강만이 기록될 뿐이다. 또한 기록자의 마음을 통과하며 그것은 굴절되기 마련이다. 따라서 역사는 빈틈이 많은 그림이 될 수밖에 없다. 이를 최소화하기 위해서 역사가는 자신이 다루고 있는 당대 사람들의 마음에 '상상적인 이해'로 다가설 필요가 있다. 지금 하고 있는 말은 서사시에 대한 것이 아니라 역사 그 자체에 대한 진술이다.

안평옥은 이를 잘 이해하고 있는 것 같다. 19세기 말 멸망해 가는 조선 왕조가 당시의 조정과 한양 선비의 눈에 어떻게 보였는지 우리는 많은 것을 알고 있다. 그러나 농민, 상인, 하인, 부녀자들의 눈에는 어떻게 보였는지 거의 알지 못한다. 역사가가 그러하듯 이는 '상상적 이해'로 다가서야 한다. 안평옥은 이미 『제국의 최후』에서 이런 장면을 성공적으로 연출한 바 있다. 며느리 민비에 의해 청국으로 쫓겨났던 대원군이 1985년 8월 27일 청의 군함 비호호와 진해호에 의해 제물포에 귀국하였다. 이 일은 누구나 아는 기록된 역사적 사실이다. 그러나 작가는 포구에 모여 있던 "흰옷의 물결", 즉 조선의 백성들이 "대원의 대감 만세"를 외쳐 가며 그의 귀국을 반기는 모습을 그리고 있다. 작가는 이에 더하여 대원군이 없던 세월 내내 백성들의 마음은 허전했었고 그가 돌아오자 다시 "피가 뜨겁게 용솟음"치는 마음으로 환영하고 있다고 묘사하고 있다. 이 사실은 역사에는 없지만 조정의 무능과 부패로 피폐해진 백성들의 마음을 제대로 읽어낸 대목이 아니라 할 수 없다. 이제 안평옥은 『불벼락 치다』에서도 마찬가지로 '상상적인 이해'로 지상에

서 고초를 겪고 있는 민초들의 마음을 들여다보고 있는
것이다. 그는 우선 민초들 삶의 배경이자 폭격의 목표
지점인 히로시마의 평화로운 아침을 묘사한다.

> 잎사귀가 푸르게 흔들거리는/ 버드나무길 오토 강변/ 여
> 기저기에 내어걸린 현수막엔// 극장 디카리즈카에선 희극
> 을/ 데이고쿠는 해적 영화를/ 역사와 전통의 고토부키에
> 서는/ 네 번의 결혼이 개봉 중이라고/ 다투어 으스대고 있
> 었다
>
> ― 1부「강줄기 여섯 개」부분

제목「강줄기 여섯 개」는 "해발 1,300m의 산 간무리야
마에서" 발원한 오타 강이 "방향을 바꾼 서쪽 다섯 지류
와 합하여/ 여섯 개가 된" 곳에 자리 잡고 있는 히로시마
의 지리적 위치를 의미한다. 강줄기 여섯 개가 도시를
휘감고 흐르는 곳이라면 그 풍광은 당연히 아름다울 것
이다. 전시 중이었지만 이 아름다운 도시의 극장에서는
연극도 공연되고 영화도 상영되고 있었던 모양이다. 수
많은 인명이 희생되는 전쟁은 아무래도 비극적이라고
밖에는 말 할 수 없다. 허나 이런 비극의 시대에 내걸린
현수막의 제목들은 우연인지 몰라도 참으로 아이러니하
다. 인간의 깊은 고뇌가 담겨 있는 해적 영화가 어디 있
기나 한가. 그저 서부 활극처럼 신나는 영화가 아닌가.
더구나「네 번의 결혼」이란 제목 앞에서는 실소가 터질

지경이다. 이런 재미있는 영화 현수막이 "다투어 으스대고" 있는 아름다운 강변의 풍광은 이제 곧 다가올 대참사를 생각할 때 그 극명한 대척으로 착잡한 마음을 어쩔 수 없게 만들고 있다.

6

히로시마의 이런 아침을 배경으로 조선의 여인 '순이'가 등장한다. 그녀는 "꿈 많던 여학교 4학년 때" "대일본 제국 신민으로 해야 할 일인" 간호 교육을 받고 히로시마에 와 병원에서 일하고 있다. 어느 날 "전선에서 이송되어 온 부상병 대기실"에서 "성한 곳 없이 피투성이 된 몸"의 박봉수를 만난다. 그는 "어려서부터 오빠라 부르는 세 살 위"의 고향 사람으로 그녀의 연인이다. 그는 경성대학에 유학하다 학도병에 징집되어 일본으로 한 해 먼저 건너왔다.

사람 하나가 떠나갔는데/ 텅 빈 우주/ 무엇으로도 채울 수 없는 아쉬움을/ (…)// 그날 밤 봉수에게 안겼던 등허리/ 따스함의 스멀거림을/ 못 잊어/ 하얗게 지새운 밤마다/ 온몸으로 뒹굴 듯이 몸부림치며/ 울고 지낸 날들이/ 얼마였는지 헤아려지지 않았다// 군수 공장으로 징집되어 온/ 친구이자 봉수 여동생인 길순이와/ 상처를 돌봤으나//

부상병의 증가로 턱없이 모자라는 의약품과/ 부족한 의료
진의 손길에/ 구하기 힘든/식량에 끼니 챙기기가 어려워/
찢기고 터져서 곪는 봉수의 상처는/ 좀처럼 아물 줄을 몰
랐다

– 1부 「강줄기 여섯 개」 부분

　우리는 위 인용문을 보며 '액자 속의 이야기'처럼 또
다른 서사가 진행되는 것이 아닌가 생각할 수 있다. 히
로시마에 있는 두 조선 사람의 사랑이 어떻게 진행되어
어떤 결말을 맺을 것인지 미리 궁금해질 수도 있다. 그
러나 그런 결말은 없다. 이들은 '이야기 속의 이야기'의
주인공들이 아니다. 순이, 봉수, 길순이의 역할은 앞서
언급한 바와 같이 단지 시인이 자신이 다루고 있는 당대
사람들의 마음에 '상상적인 이해'로 다가서는 대상으로
서의 역할을 할 뿐이다. 이는 이후에 등장하는 봉수의
어머니 '대목댁'도 예외가 아니다. 역사의 그늘에서 신산
한 삶을 살아가는 민초들의 행동과 마음을 유추함으로
서 진정한 역사의 현장을 묘사하고자 하는 것이다.
　순이는 전주에서 여학교를 다니다 말고 일본에 와 병
원에서 간호원으로 부상병들을 돌보고 있다. 학도병으
로 끌려온 봉수는 "성한 곳 없이 피투성이 된 몸"으로 순
이가 일하는 병원에 들어와 있다. 길순이도 군수 공장으
로 징집되어 일본으로 왔다. 이 사실은 이미 황국 신민
의 의무로 강제로 일본에 끌려온 민초들의 참담한 고초

를 웅변하고 있다. 이 외에도 가미가제 특공대로 끌려온 사람도, 탄광의 채탄부로 끌려온 사람도 있다. 심지어 위안부가 되어 일본군의 성 처리 도구가 된 여인네들도 있다. 인용문에서 순이가 보는 병원의 묘사는 당시 상황을 생생하게 증언하고 있다. 의약품도 의료진 손길도 턱없이 모자랐다. 게다가 구하기 힘든 식량으로 끼니 챙기기도 어렵다. 이런 상황에서 환자들의 "찢기고 터져서 곪는" 상처가 아물기나 하겠는가. 위 인용문을 끝으로 작품은 마감된다.

3장에서는 이들의 고향에 대한 작가의 긴 설명이 있다. 전라도지방에서 최초로 5일장이 형성된 유래가 서술된 다음 "넉넉한 인심이 가득 담겨진 순댓국밥과/ 텁텁한 막걸리 한 사발에/ "짜고 시큼한 김치" 오물대며 세상 돌아가는 정담을 나누는 김제 5일장의 모습이 묘사되고 있다. 이 시장 입구 닭전머리에 봉수와 길순이를 일본에 떠나 보낸 '대목댁' 강씨가 등장한다. 그녀는 계란 다섯 줄을 넘기고 손에 쥔 몇 닢 지폐로 작은 아들의 "검정고무신 한 켤레에/ 소금 절인 고등어와/ 간갈치 몇 토막"을 산다. 촌부의 전형적인 모습이다. 그녀는 남편을 먼저 보냈다. 여기서는 '만두레 산이야' 같은 김매기 때 부르는 민요가 서술됨으로써 대목댁의 쓸쓸한 심사를 대신하고 있다. 물론 이런 민요는 역사적으로도 귀중한 자료가 된다. 김제 지방의 토속어로 불리는 아름답고 슬픈 가락이다.

어디로 갈거나 어디로 갈거나/ 갈 곳은 없는디 어디로
갈거나아/ 흥허어 으아허허 허허허// 어디로 갈거나아/ 어
린 자식은 밤나무 아래의 밤/ 주워 달라 허고/ 큰놈은 밥
달라 조르고/ 즉은 놈은 젖 달라 칭얼거리고/ 세상 못 살
것네/ 영감아, 땡감아/ 제발이지 날 다려가소/ 에헤에헤
으허허허 어허허여// 작년 팔월 보름날 저녁에/ 보리 성
편/ 일곱 개만 먹으란 게로/ 곱 집어서/ 열네 개 먹고 죽은
영감아/ 날 다려가소, 날 다려가소/ 에헤에헤 으어허허 어
허허어// 영감아, 영감아/ 작년 팔월의 논두렁 깎다/ 메뚜
기한티/ 가심 채 죽은 영감아/ 응아에 헤헤 에헤헤이/ 허
허허으 어허허 에헤에야// 어디로 갈거나/ 올 팔월에는 영
감 오셔서/ 보리 성편이나/ 보리개떡 많이 잡수쇼/ 응아
에헤헤 에헤에이/ 허허허으 어허허 어헤에야/ 어디로 갈
거나

– 1부 「주는 방망이, 받는 홍두깨」 부분

　

이 작품에는 위에 인용된 '김매기 가락' 외에도 '상여
소리'(2부 '옆구리에 휘도는 찬바람')가 인용되고 '강원도 아
리랑'(2부 같은 장) 등이 인용되고 있는바 이는 매우 주목
되는 점이다. 모두 아름다운 가락이지만 위 인용문을 중
점적으로 짚어 보자.

우선 '큰놈 즉은 놈' '밥 달라 젖 달라' '다려가소' '먹으
란 게로' '가심' '보리 성편 보리개떡'과 같은 토속 언어가
정답게 가슴을 적신다. 또한 가사와 후렴이 서로 어울리

며 민족 특유의 '멋'을 창출해 낸다. 그런데 우리의 멋에는 한恨이라는 근원적 미의식이 함유되어 있다. 위 가락에는 혼자된 대목댁 강씨의 애수와 체념이 깃든 한이 서려 있다. 원래 우리 민족은 숱한 외세의 침략을 받았고 그때마다 현실을 체념하는 동시에 언젠가의 미래를 기약하는 순박한 바램의 한을 가지고 있었다. 이때는 질곡의 일제강점기 시대다. 농부인 백성들은 현실에 대결하는 집착도 없었지만 아주 포기하는 것도 아니었다. 따라서 한은 밝고 어두운 양면의 속성을 공유한다. 한국인만의 특성이라 할 수 있는 '멋'의 근원적 미의식에는 '한'이 있고 바로 이 '한'은 특히 우리의 소리에 녹아들어 구현되고 있다.

우리 가락에 있어서 미학적 구성의 특질은 이원대립의 갈등 구조가 아니라 눈물과 웃음이 맞물리는 순환 구조를 가지고 있다는 점이다. 이는 삭임의 과정을 거쳐 순환되는 것으로 서구의 플롯 중심으로 규정하는 비극이나 희극이라는 개념으로는 논의될 수 없다. 슬픔의 국면에는 반드시 해학이 숨어 있고 해학의 국면 저변에는 슬픔이 숨어 있는 다소 역설적인 과정이다. 위에서 보는 것처럼 창자唱者는 "어디로 갈거나 어디로 갈거나" 갈 곳이 없다고 노래한다. 게다가 어린 자식들은 밥 달라 젖 달라 칭얼대고 있다. 남편을 여읜 여인의 슬픔과 한이 절절히 담겨 있다. 그래서 자기도 저승에 데려가라고 하소연하는 것 아닌가.

그런데 죽은 남편을 "영감아, 땡감아"라고 부르는 데서부터 슬픔 속의 해학이 슬며시 고개를 든다. 그리고 남편이 죽게 된 원인을 노래하는 데서는 웃음이 전면에 나선다. 남편은 "보리 성편/ 일곱 개만 먹으란 게로/ 곱집어서/ 열네 개 먹고" 죽었다. 더구나 남편은 "논두렁 깎다/ 메뚜기한티 가심 채"어 죽었다. 참 별 볼일 없는 영감이다. 그러나 이어지는 대목에는 여전히 죽은 영감에 대한 진한 애정이 담겨 있다. 올 팔월에는 오셔서 "보리 성편이나/ 보리개떡 많이 잡수"시라고 부탁하는 것이다.

이처럼 삶에 얽힌 다양한 국면이 그에 걸맞게 어우러지며 눈물과 웃음이 순환된다. 임이 떠나는 것은 단장의 슬픔이 될 것이다. 그럼에도 "세모잽이 메밀국죽은 오글박작 끓는데/ 그래, 당신은 어디를 갈라고 신발끈 고쳐매나"('아리랑')라고 해학의 여유를 갖는 게 바로 우리 가락의 독특한 멋이다. 위 인용문은 그런 미학적 구성의 높은 경지를 다시금 느끼게 하는 대목이 아닐 수 없다.

7.

이 서사시에서 가장 극적인 부분은 히로시마에 원폭이 투하되는 과정과 그 참담한 결과를 그리고 있는 3부의 「불벼락 치다」가 될 것이다. 그 중에서도 「비몽사몽간에」

는 사건의 진행 상황이 초단위로 나뉘어 기술됨으로써 긴박감을 극대화하고 있다.

그동안 1, 2부와 3부의 「폭풍 전야의 정적」이 무려 180여 쪽에 달하도록 길게 서술되고 있다. 그러나 앞에서 다룬 폭격기 이륙과 폭탄 조립에 소요된 35분이란 사건 진행 시간 외에는 모두 서사의 진술 주체인 화자의 설명, 해설, 논평, 기술로 시간은 정지되고 있다. 물론 '상상적인 이해'를 위한 민초들의 시각이 삽입되고 이에 부수되어 우리 가락들도 인용되고 있다. 역시 실질적 사건 진행의 시간에서는 제외된다. 긴 독서 시간이 흘렀다. 그럼 이때까지 서사의 실제 주인공은 어디에 있는가. 아직도 하늘에 있다. 꼬마둥이는 아직도 히로시마를 향해 태평양을 날고 있다는 말이다.

원폭 투하 90초 전, 드디어 꼬마둥이는 히로시마 상공에서 불벼락을 쏟을 준비를 시작한다. 투하 50초 전, 열두 쌍 눈동자 아래 올망졸망한 집들이 보인다. "나무잎사귀가 흔들려/ 갈라 놓은 햇살"이 눈부시고 "하늘은 깊은 호수인 듯" 푸르다. 투하 30초 전, 목표물을 향하여 폭탄 탑재실 문이 열리는 그곳으로 햇살이 쏟아져 들어온다. 이때부터 강씨의 꿈같은 무의식 세계가 작품에 삽입되며 긴박한 시간과 호흡을 같이한다. 8시 12분 02초, 불꽃 스위치는 망설임 없이 올려진다. 08시 15분 15초. 길이 3.1m, 폭 74cm, 무게 4360kg의 폭탄은 아래로 주저없이 곤두박질친다. 폭발 38초 전, 폭탄을 버린 비행기는 재빨리 도망가기 바쁘다. 폭발 3초 전, 연쇄 작용 마지막 스위치가 닫히고 신호는 빨간 플러그 지나 뇌관의 코다리트의 화약을 건드렸다. 순간 표지판으로 튀는 우라늄 235 발사체는 오차 없이 표적에 박혔다. 이 결정적인 순간에 고향 강씨의 무의식은 의외로 "자장자장 우리 아기 잘도 잔다"를 부르고 있다.

분리된 중성자의 끝없는 확장으로 뿜어대는 에너지가 드디어 지상 570m 상공에서 불벼락을 쏟는다. 백만분의 1초 사이에 폭발 지점은 태양 표면 온도의 1만 배나 되는 섭씨 6천만 도다. "신의 조화이듯" 눈부시게 황홀한 "녹, 청, 홍, 금색 불꽃 물결이" 도시로 뻗어 내린다. 걸어가던 사람, 구경하던 사람, 학교 가던 학생, 빨래 널던 주부, 공장 일을 시작하던 사람, 아직도 잠자리에 미적대던 사람 등 몇만 명이 찰나의 순간에 오장육부가 증발하고 숯덩이가 되었다. 순식간에 도시의 모든 것도 잿더미가 되었다.

8

시인은 116~181쪽의 긴 지면을 할애하며 '꼬마둥이'가 히로시마 상공에 나타날 때부터 불벼락을 치고 그 결과로 나타나는 대참사를 자세히 그리고 있다. 그리고 마지막 장 '아리랑 아리랑 아라리요'에서는 몇십 리 떨어진

산속으로 약초를 구하러 들어가는 바람에 구사일생으로 살아남은 순이를 통해 사라진 모든 것을 위한 진혼곡을 노래한다. 봉수도 길순이도 이때 죽은 13만 명과 함께 모두 사라졌다.

이제 그녀의 유일한 선택이자 희망은 "꿈에도 잊지 못하고 그리워하던/ 탯줄 묻은 고향 땅으로", "동구 밖에 서성이는/ 어머니 품에" 돌아가 안기는 것뿐이다. 이는 살아남은 다른 모든 조선인들의 희망이기도 했을 것이다. "가리라 나 이제 가리라"고 다짐하는 조선인의 "서럽고 서러운 목 너머 울음이/ 해변가 백사장에/ 물거품으로 스러지고 또 스러지고 있었다."며 이 장편서사시는 대단원을 마감한다.

1945년 8월 6일 02시 45분, 꼬마둥이가 남태평양의 산호초 섬을 떠나 같은 날 월요일 아침 08시 15분 15초에 히로시마 상공에서 불벼락을 쏟아내고 41초 후, 앞에서 보는 것처럼 세기의 대참사가 벌어질 때까지의 한나절도 안 되는 긴박한 서사는 끝이 났다. 작품의 마지막을 덮으며 이 작품의 가장 큰 특징 중의 하나인 축시적 서사, 즉 실질적 사건의 진행 시간이 단 하루라는 점을 새삼 느끼며 무릎을 친다. 그러나 한편으로는 인간과 인간의 행동에 대해 사유하는 두뇌 한 구석에 통증을 느끼게 하는 것도 사실이다.

우라늄 235 같은 원자핵은 중성자를 흡수하여 비슷한 크기의 2개의 원자핵으로 분열된다. 이런 분열, 즉 핵반

응은 연쇄적으로 일어나게 되고 원폭도 이런 원리에서 만들어진다. 즉 핵에너지라고도 불리는 '원자력'은 '원자 핵이 쪼개질 때 얻어지는 에너지'를 일컫는 말로 이것이 바로 원자력의 본질이라고 할 수 있다. 본질은 어떤 현상을 나타나게 하는 바탕이고 현상은 본질의 구체적 표현이다. 히로시마 원폭은 원자 에너지가 어떻게 쓰이는지 보여주는 하나의 현상이다. 그러나 똑같은 이 에너지는 발전에서, 방사선 치료처럼 의학에서, 가속기처럼 과학적 연구에서, 비파괴 검사와 같은 산업 분야에서 다양하게 이용된다. 특히 발전은 그 중에서도 가장 널리 이용되고 있는 분야로 우라늄 235를 1kg 핵 분열시키면 석유는 약 9천 드럼, 석탄은 약 3천t이 발생시키는 동일한 에너지를 얻을 수 있다. 원자력이란 본질은 하나지만 현상은 이처럼 개별적이고 다양하게 나타난다. 그럼 현상과 본질은 다른 것인가? 그렇기도 하고 아니기도 하다. 본질은 반드시 현상을 통해서만 나타난다. 또한 어떤 현상도 나타내지 않는 본질은 있을 수 없다. 현상과 본질은 다르지만 이처럼 뗄 수 없는 연관을 가지고 있다. 우리의 사고는 어느 한 쪽에만 치우쳐서는 안 된다.

꼬마둥이는 수많은 인명과 재산을 파괴했다. 나쁜 놈이다. 그러나 꼬마둥이의 주먹 한 방이 원인이 되어 일본은 망했고 덕분에 세계대전도 끝이 났다. 또한 그 결과로 조선은 그처럼 염원하던 해방이 되었다. 중국의 독립군 힘으로, 하와이에 있던 이승만의 힘으로, 소련에 있던 김일성 힘으로 해방이 되었는가. 아니다. 깨놓고 얘기하자면 오직 꼬마둥이 주먹 한 방의 힘에서 비롯된 것이다. 고마운 놈이다. 한편 당시 히로시마에는 강제 노역으로 끌려간 동포가 5만 명 정도 있었다. 이들 중 2만 명 이상을 죽게 한 놈도 바로 이놈이다. 나쁜 놈이다. 이래저래 머리가 아파진다. 그러나 모처럼의 인과를, 본질과 현상을 사유하며 머리를 무겁게 만든 시인에게 감사를 표하지 않을 수가 없다.